마세리 장편소설

시절 연애

3

SEASONS OF YOU

엘릭시르

차례

제11장

엄마의 만둣가게

차는 기분 좋은 속도로 해안가를 달렸다. 하늘은 파랗고, 구름은 하얗고, 양쪽으로 열린 창문에선 풀냄새 섞인 바닷바람이 불어왔다. 추운 겨울을 이겨냈다고 자랑하듯 푸른 새싹이 세상을 연둣빛으로 두르고 있었다.

아나운서의 사근사근한 목소리가 전파를 타고 들려왔다.

—제주도에는 벌써 상춘객이 몰리고 있는데요. 기상청은 이달 말일 남해 등 남부 지역에서부터 벚꽃이 개화할 것으로 예상했습니다. 다음달 4월 중순경에는 서울을 포함한 전국에서 꽃이 만발해 화사한 봄 풍경을 감상할 수 있을 전망입니다. 당분간 비 소식은……

운전 중이던 지수씨가 라디오 소리를 줄였다.

"나희 쌤도 슬슬 느끼시겠지만, 섬생활이 진짜 만만치가 않거든요. 그래도 제주도 특장점이 있어요."

"뭔데요?"

"뭐냐면, 봄이 빨리 오는 거!"

잠깐 나를 돌아본 지수씨가 눈을 반짝였다.

"외지인들은 '제주' 하면 여름이 최고인 줄 아는데 사실은 봄이 최고예요. 보세요. 사방이 아주 꽃밭이에요, 꽃밭!"

말마따나 3월의 제주도는 벌써 봄이 한창이다. 벚나무는 가지마다 꽃눈이 맺혀 있고 들판에는 유채꽃이 만발했다. 멀리서 보면 초록 바탕에 노란 물감이 번진 것처럼 알록달록했다.

"나희 쌤, 꽃놀이 다녀오셨어요?"

"꽃놀이가 따로 있나요, 뭐. 그냥 길에서 보는 거죠. 엄마도 가게 때문에 바쁘시고요."

사실은 같이 봄꽃을 구경할 사람이 없다. 날도 좋은데 그렇게 대답하긴 처량해서 괜히 엄마 핑계를 댔다.

"진짜 신기하다니까요. '정희 손만두'가 나희 쌤 어머니가 하시는 곳인 줄 저는 상상도 못했어요."

조잘조잘 옆에서 들려오는 발랄한 목소리에 설핏 웃음이 나왔다.

"나희 쌤 처음에 연구실 딱 들어오셨을 때 얼굴만 보고 저희끼리 막 분명히 관장님 따님이다, 아니면 이 교수님 따님이다 그랬거든요."

"아, 낙하산이다?"

"아뇨, 아뇨. 그런 뜻이 아니라. 나희 쌤 분위기가 워낙 그렇잖아요. 손에 물 한번 안 묻혀본 금수저 느낌. 부잣집에서 완전 우쭈쭈 하는 막내 공주님 같고."

"공주님이요?"

어이가 없었다. 금수저? 황당해서 웃는 내게 지수씨가 대꾸했다.

"골드스미스 졸업하셨지, 레퍼도 화려하지. 나희 쌤 같은 해외파 인텔리가 망해가는 공립미술관 계약직에 지원한 것부터가 좀. 나는 돈 같은 건 관심 없어, 약간 이런 느낌?"

"돈에 관심 어엄청 많아요. 그리고 이 바닥은 발에 채는 게 석박인데요."

미술관 큐레이터. 학예사라는 이 직종에는 평균 연봉에 어울리지 않는 고학력자들이 수두룩했다.

"그건 그렇지만 제가 나희 쌤처럼 고스펙이면 대형 미술관 갈 것 같거든요? 사실 그래서 더 의심했던 것도 있어요. 혹시 리황에 인수된 거 미리 알고 계셨나, 하고요."

"전혀요. 일단 출근은 했는데, 건물 리모델링하는 거 알고 얼마나 당황스러웠는데요."

"아, 맞아. 증축 공사 언제 끝나냐고, 관람객 오면 어떡하냐고 완전 사색이 되셔서. 그때 진짜 웃겼는데."

전시중에 외관 공사를 한다는 게 내 상식에선 이해가 되지 않았다. '저희는 마음대로 휴관 못해요. 까라면 까야지라고 생각하셔야 해요' 하고 울상이던 지수씨 얼굴이 떠올랐다.

"근데 성격은 완전 반전. 협회에 작품 반출할 때 박스 나르시는 거 보고 저 진짜 반했잖아요. 저분은 인간 거중기다. 첫인상은 딱 공주님 과였는데."

슬쩍 내 눈치를 살핀 지수씨가 덧붙였다.

"막상 얘기해보니까 되게 털털하시더라고요. 해외에서 오래 사셨다고 해서 솔직히 대화도 잘 안 될 줄 알았거든요. 영국에서 12년 거주하셨다고 했죠?"

"영국은 지도 교수님 따라간 거고요. 학사는 호주에서 마쳤어요."

나는 집 없는 방랑자처럼 여기저기 떠돌았다. 야반도주하듯 짐을 옮기고 급하게 비행기에 올랐다. 어디로 가는지 정확히 목적지도 모르고 떠난 경우가 태반이었다. 그러느라 대학교를 졸업하는 데만 6년이 걸렸다. 윤종오가 내게 약속했던 생활비도 학사까지였다.

"그동안 한국에 진짜 한번도 안 들어오셨어요?"

"네."

그러자 지수씨가 "우와, 타지에서 어떻게 그렇게 오래 버티셨지" 하고 혼잣말하며 탄식했다.

"전 일주일도 힘들더라고요. 한식도 너무 그립고, 말도 안 통하고."

"그러게요."

12년. 이제 와 돌이켜보면 놀랍다. 엄마도, 찬희도 없는 타지에서 오롯이 혼자였던 그 시간이 12년이라니.

나는 남들처럼 공부하러 온 유학생이 아니었다. 고향에 돌아갈 수 없어서 외지를 떠도는 이방인이었다.

이 길을 선택하게 된 것도 우연이었다. 건축 전공은 살릴 수가 없었고, 그나마 가능한 과를 선택해서 졸업했다. 골드스미스에서 석박사를 마친 건 행운이었다. 박물관에서 파트

타임으로 일하다가 은사님을 만나서 학교로 돌아갈 수 있었으니까. 하루이틀 버티다보니 세월이 흘렀다. 어떻게 지나갔는지도 모르게 흘러간 시간이 12년이었다.

“진짜 신기해요. 아, 그렇다고 만둣집 따님은 서민이다 그런 얘기는 아니고요, 제가 ‘정희 손만두’ 되게 자주 갔거든요.”

주무관인 지수씨는 제주 토박이였다.

“거의 10년 다녔나? 제주 시내에서 운영하실 때부터요.”

나와 마찬가지로 호된 푸닥거리를 당하고 한남동에서 내쫓긴 엄마는 결국 고향으로 떠내려왔다. 그리고 주특기였던 만두로 식당을 차렸다.

처음에는 아주 작은 점포였다고 한다. 손님이 앉을 공간도 없어서 포장으로만 만두를 팔고, 그러다 홀을 차리고, 옆 가게를 인수하고. 지금은 한라산 등산객 맛집으로 TV에도 방영됐을 만큼 유명한 식당이 되었다. 손님들이 하도 길게 줄을 서는 바람에 주위에서 컴플레인이 들어올 정도다.

가장 비참하게 인생의 밑바닥을 찍었을 때, 엄마가 절실하게 끌어안은 지푸라기가 바로 구명줄이 되었다. 헤어나올 수 없을 것만 같은 구렁텅이에서 엄마는 자신의 힘으로 보란듯이 일어섰다.

엄마의 만둣가게는 위력이 어마어마해서 내 섬생활에도 치트키가 되었다.

"엄청 맛집이잖아요. 근데 또 무진장 친절하시고."

스물한 살에 한국을 떠나 12년을 떠돌다가 내가 돌아온 곳은 서울이 아니라 제주도였다. 잘 알지도 못하는 타지에 온 건 순전히 엄마 때문이었다.

나는 제주도라면 딱 나흘, 그것도 야밤에 어딘지도 모르고 왔다가 흐린 눈으로 울면서 떠난 게 전부인 낯선 곳이었다.

"아무튼 나희 쌤 들어오셔서 전 너무 좋아요. 관내 분위기도 안 좋지, 남은 사람들은 앞다퉈 육아휴직하고. 혼자 되게 외로웠거든요. 또래도 없으니까."

지자체에서 운영하던 한라 미술관은 계속 적자를 기록했다. 특정감사로 운영 비리와 위작 사기 거래가 적발되었고 관장은 파면되었다. 관장 임명은 기약이 없고, 가뜩이나 재정난에 시달리던 한라 미술관은 수장 없이 운영되다가 도자기를 계기로 사립 문화재단에 인수되었다. 기존에 근무하던 사람들은 모두 토박이라 나는 한국에 돌아와서도 여전히 외지인이었다.

어쩌면 외국보다 더 외국처럼 외로운 생활을 할 뻔했으나,

엄마의 만둣가게가 다행히 날 살렸다.

"경력을 보니까 계속 외국에서 지내셨네요? 아직 미혼인데 혼자 섬에 들어왔어요? 어휴, 제주살이가 겉보기엔 그럴듯해도 막상 젊은 사람들 섬생활 오래 못 버텨. 얼마 일하다가 육지로 가버리면 우린 손해가 막심하거든."

공립미술관의 1년짜리 계약직도 제주도에 터를 잡은 원주민을 원했다. 워낙 이직이 잦은 업계이기도 하고, 떠나는 사람이 많아서인지 학예부장님은 나를 탐탁지 않게 봤다.

섬에는 선택지가 많이 없었다. 이 면접에서 떨어지면 백수 확정이었다. 그때 나는 처음으로 엄마의 만둣가게 이름에 편승했다.

"혹시 정희 손만두라고 아세요?"

내가 그 집 딸이라고 하는 순간, 나를 철새 보듯 하던 학예부장님의 눈빛이 달라졌다. '아, 정희 손만두?' 하고 되묻는 얼굴에 반갑고 놀라운 감정이 확 스쳤다. 엄마의 만둣가게는 단숨에 나를 동향 사람으로 둔갑시켰다. 특히 엄마 또래의 어른일수록 잘 먹혔다.

12년 전 한남동 권 회장 자택을 떠날 때, 엄마는 언감생심 재취업은 꿈도 꾸지 못했다. 인생 다 끝났다고 절망하다 갈

데가 없어 고향으로 도망쳐온 것이었다.

그런데 삶이란 얼마나 얄궂은지. 우리 가족 중에 엄마가 제일 성공했다. 나름 알아주는 학교에서 석박사까지 마친 딸이나 나랏밥 먹는 아들이 아니라, 가진 게 이름뿐이라 겨우 그것만 내건 엄마의 만둣가게 말이다.

"저 깍두기 막 세 번씩 갖다 먹고 그랬어요. 만두도 맛있고 칼국수도 맛있는데, 김치가 완전. 아, 침 고여."

지수씨가 입맛을 다신 동시에 내비게이션이 목적지 도착을 알렸다.

"나희 쌤, 이 건물이에요? 우와."

식당은 아담한 2층짜리 건물이었다. 외할머니가 물려주신 땅 위에 엄마가 새로 건물을 올렸다.

"위치도 엄청 좋네요? 일주도로에 바로 붙어 있고, 주차장도 넓고요."

"좋은 위치예요?"

"그럼요, 헤븐리 호텔 근처잖아요."

한국에 온 지 3개월, 제주살이도 고작 3개월 차였다. 입국과 거의 동시에 면접을 보고 출근하는 바람에 아직 근처를 둘러보지 못했다. 차가 없다는 점도 한몫했다. 제주도에서 뚜벅이 신세만큼 불편한 게 없다. 한국에 오자마자 발주를 넣었는데도 출고까지 두 달은 더 기다려야 한다고 했다.

"나희 쌤은 헤븐리 호텔 잘 모르시겠구나. 올해 오픈했는데 완전 좋대요. 뷰도 끝내주고요. 제 대학 동창이 제주에 신혼여행 왔었는데 저기 갔더라고요."

"어쩐지 엄마가 젊은 손님들이 많이 온다고 하시던데, 그래서였구나."

브레이크타임이라 주차장은 한산했다. 우리가 들어설 때 마침 대형 세단 한 대가 빠져나온 게 마지막이었다.

능숙하게 주차를 마친 지수씨가 뒷좌석에 있던 금전수 화분을 꺼냈다. 분홍색 리본에 '21세기 최고 맛집 정희 손만두 ★축★ 확장 개업'이라는 귀여운 문구가 적혀 있었다.

"무슨 화분까지 사오셨어요."

"당연히 두 손 무겁게 와야죠. 무려 건물주가 되셨는데!"

금전수 화분을 방패처럼 끌어안은 지수씨가 씩씩하게 건물 입구로 향했다. 붙임성이 좋은 성격답게 문을 열고 들어서며 크게 인사했다.

"안녕하세요, 어머니!"

그런데 내부 분위기가 이상했다.

거대한 3단 화환이 엉망으로 쓰러져 있고, 부서진 과일 바구니도 보였다. 거베라와 백합, 여러 가지 과일들이 처량하게 바닥에 나동그라져 있었다.

저걸 다 누가 보냈지? 의아해하던 그때, 날카롭게 소리치는 엄마의 목소리가 들려왔다.

"난 아직도 치가 떨려요! 우리 애가 연고도 없는 데서 혼자 얼마나 고생했는데. 그 어린 게 얼마나, 나는, 나는 저 집안만 생각하면……!"

다행히 매장에는 손님이 없었다. 당황해서 머뭇거리는 지수씨를 뒤로하고, 나는 주방으로 달려갔다. 같이 일한 지 오래된 직원 이모들 사이에서 엄마가 울고 있었다.

"아휴, 찬희 엄마. 그래도 면전에서 그러는 건 아니지. 젊은 사람들이 여기까지 와줬는데 얼마나 민망했겠어."

"그러니까. 빈손으로 온 것도 아니고…… 너무 그러지 마, 찬희 엄마."

"언니! 알지도 못하면서 그런 소리 하지도 말아요."

주방 이모 손을 뿌리친 엄마가 눈물을 쏟으며 가슴을 퍽퍽 두드렸다.

"12년이에요, 12년! 우리 딸이랑 생이별하고 내가 바다에 빠져 죽으려다가 찬희가 쫓아와서 여태 살아 있는 거예요. 나는 저 이름만 들어도 피가 솟구쳐! 아주 끔찍해서……!"

"엄마."

오열하며 악을 쓰던 엄마가 순간 흠칫하고 날 돌아봤다.

"나, 나희야."

뭔가를 들킨 사람처럼 황급히 눈물을 닦아냈다. 내 눈치를 보던 주방 이모들이 다 같이 입을 다물었다. 언제 울며불며 소리쳤냐는 듯 엄마가 애써 입꼬리를 끌어올렸다.

"우리 딸이 어떻게 이 시간에 들렀어? 출근은 어쩌고."

"오늘 미술관 휴관일이에요. 근데 이게 다 무슨 소리야? 밖에 저 화환은 또 뭐고……"

엄마가 저렇게까지 역정내는 모습은 처음이었다. 문득 생각나는 사람이 한 명 있었다.

"혹시 그 인간 다녀갔어?"

"으응, 나희야. 너는 신경쓰지 마. 숙자 언니, 밖에 좀……"

"응응, 내가 얼른 치울게."

엄마가 눈짓하자 주방 이모가 잽싸게 매장으로 나갔다.

"무슨 일인데 그래. 아빠가 또 찾아왔어?"

그랬다. 제주도에는 아빠가 살고 있었다. 다른 아줌마와 함께.

엄마가 고향에 돌아와서 차린 '정희 손만두'가 대박이 나자, 아빠가 만취해서 찾아온 적이 몇 번 있다고 했다. 자세히 자초지종을 물어보려는데 서빙 이모님이 갑자기 목소리를 높였다.

"어휴, 찬희 엄마는 좋겠다. 딸이 어쩜 이렇게 이쁘고 늘 씬해. 나는 볼 때마다 놀란다니까."

"……안녕하세요."

뒤늦게 인사를 드리자 이모님들이 화제를 돌리듯 나를 맞아주셨다.

"착하고 예뻐 죽겠어, 그냥."

"허리가 어쩜 한 줌이네."

머메이드 스커트에 타이트한 니트, 그리고 하이힐. 라인이 드러나는 패션을 엄마가 유독 좋아했다. 엄마 가게에 들를 걸 참작해서 휴무인데도 특별히 골라 입은 옷이었다.

"얘가요. 완전히 헛똑똑이에요, 헛똑똑이. 얼굴만 예쁘면 뭘 하냐고, 연애를 해야지. 남자 만날 생각은 하나도 안 하고요, 내가 결혼 얘기만 꺼내면 아주 칠색 팔색이야."

"엄마…… 그만 좀."

"이거 봐요. 얘가 이래. 지가 아직도 이십대인 줄 알아. 나이가 벌써 서른 줄인데 언제 남자 만나서 언제 결혼할 거야."

"찬희 엄마, 딸내미한테 너무 그러지 마. 요즘 애들은 결혼 얘기하는 거 싫어해."

"그래, 싫다는 애 뭐하러 벌써 결혼시키려고 그래? 다 때가 있는 거지."

"나중에 좋은 남자 만나봐. 가지 말라고 붙잡아도 간다니까. 그때 가서 서운해하지 말고 그냥 딸내미한테 연애나 많이 하라 그래."

"쟤는요, 연애에 관심이 하나도 없다니까요. 좋다고 들이대는 남자도 안 만나려고 그러니까 내가 아주 미치는 거야."

"엄마, 나 주무관님이랑 같이 왔는데……"

그런데 지수씨는 이미 사라지고 없었다. 테이블 위에 금전수 화분만 덩그러니 놓여 있었다. 급히 핸드폰을 보는데 지수씨에게 문자가 왔다.

—나희 쌤, 오늘은 먼저 갈게요. 나중에 와서 꼭 만둣국이랑 깍두기 먹고 갈게요. 어머니께 확장 개업 축하드린다고 인사 전해주세요. 내일 봐요!^^

내일 맛있는 점심을 사겠다고 답장을 보내고 홀에 나오자 직원 이모들이 TV를 틀어놓고 한데 모여서 만두를 빚고 있었다. 어릴 적 권 회장 저택에서의 한때를 연상시키는 모습이었다.

—중동에서 수주 잭팟을 터뜨린 권진 건설은 국내 건설사 최초로 신입사원 채용 여성 할당제를 시행했습니다. 역차별이라는 반발에 휘말렸으나 오히려 '여성 임원 비율을 차차 늘려갈 것'이라는 입장을 내놓았는데요. 여성 임원 불모지인 건설사에서 이례적인……

TV가 갑자기 확 꺼졌다. 까만 화면에 무표정한 엄마의 얼굴이 비쳤다.

"왜 꺼! 찬희 엄마, 7번 틀어봐."

"어휴, 드라마 좀 그만 봐! 맨날 똑같은 거만 나오는데 뭐가 재밌다고."

어느새 앞치마를 새로 입은 엄마가 리모컨을 건네며 신경질을 냈다.

"아니, 자기 딸내미도 왔는데 왜 이렇게 짜증이래."

"내비둬. 찬희 엄마 갱년기야."

진짜 갱년기인가? 벌써? 놀라서 쳐다보는데 엄마가 슬쩍 내 팔짱을 끼고 물었다.

"나희야, 너 소개팅했다며. 그 남자는 어떻니?"

"소개팅……?"

"찬희가 그러더라. 자기네 학교 선생인데, 착하고 성실하고 사람이 괜찮다고."

어쩐지 갑자기 사근사근 묻더니 결국 또 남자 얘기였다.

"부모님이 세 받는 건물이 강남에 몇 채 있다던데. 엄마가 그 집안 돈 보고 만나란 말 아냐. 사람이 인성이 먼저 돼야지. 어땠어? 괜찮아? 더 만나봤어?"

엄마가 슬그머니 내게 얼굴을 붙이며 눈을 빛냈다.

"횟집에서 셋이 봤다며. 고등어 회 먹었다고 찬희가 그러던데. 엄마한테 얘기 좀 해봐, 응?"

그게 소개팅이었다고? 나는 꿈에도 몰랐다. 잘 먹던 이찬희가 갑자기 급한 일이 생겼다면서 나한테 제 일행을 던져두고 혼자 서울로 돌아가버렸다. 초등학교 선생이 방학 중에 그렇게 급할 일이 뭐가 있나 이상했는데, 퍼즐이 맞춰졌다.

"이찬희 진짜 미치겠네."

"왜. 너는 별로야? 뭐가 마음에 안 들어? 어땠는데, 응?"

기가 막혀서 눈만 굴리는데 엄마가 숨죽이며 내 대답만 기다리고 있었다.

"어떻긴 뭘 어때요. 그냥 다 같이 밥 먹고 끝."

잔뜩 실망한 표정을 짓던 엄마는 곧장 다음 타자를 떠올렸다.

"창진이랑 같이 왔던 그 후배는? 그 남자랑은 잘 안 됐어? 밥도 안 먹고 너만 쳐다보던데."

"엄마…… 그 사람이 몇 살인데. 나보다 네 살이나 어려."

"어리면 뭐 어떠니? 요즘 연상연하 커플이 얼마나 많은데. 너는 젊은 애가 왜 그렇게 꽉 막혀선."

목소리를 높인 엄마가 혀를 차며 눈을 부릅떴다.

"됐어. 난 그 사람 한번도 남자로 생각해본 적 없어."

"그럼 전에 너랑 같이 밥 먹으러 왔던 그 금발 남자는? 화가라며."

"지금 안드레 말하는 거야?"

"안드레인지 곤드레인지 아무튼 그 미국 사람 있잖아."

예전에 개인전을 했던 화가였다. 설치작품 때문에 자주 얼굴을 봐서 조금 친해졌다. 마침 한국에서도 전시가 열려서 제주에 한번 들른 적이 있었다.

"나희야, 엄마는 미국 사람도 괜찮아."

"안드레 고향 간 지 오래야. 그리고 안드레는 미국 사람 아니고 남아프리카공화국 출신이야."

"어머, 그래? 아무튼 엄마는 미국 사위, 아프리카 사위 다 괜찮아."

그만 얘기하고 싶다. 식당에서 빨리 날 내쫓으려는 엄마의 계략이라면 성공이다.

"나 머리 아파. 엄마, 차 키 어디 있어요?"

"머리가 아프긴. 너는 하여튼 결혼 얘기만 하면 자꾸 미꾸라지처럼 빠져나가려고."

"알면서 왜 자꾸 그래."

"으이구, 잘났어."

"아!"

엄마는 가볍게 때린 것 같은데 등짝이 너무 아팠다. 한국에 돌아온 지 고작 3개월밖에 되지 않았는데 나를 왜 이렇게 빨리 결혼시키려고 안달인 건지 모르겠다. 엄마가 날 흘겨보며 차 키를 찾아왔다.

"엄마, 진짜로 차 안 써도 되는 거 맞아?"

"안 써. 쓸 일 있겠어? 어차피 가게 지키느라 한 발자국도 못 나가. 필요한 네가 써야지, 섬에서 차 없으면 안 돼."

이 건물은 1층이 식당이고, 2층은 가정집이다. 엄마는 출퇴근이 사라진 반면, 나는 오피스텔에서 미술관까지 거리가 꽤 멀었다. 한라 미술관이 리황에 인수되면서 차를 얻어 탔던 연구부장님도 퇴직하시는 바람에 카풀도 여의치 않은 상황이었다. 도저히 엄마와 같이 지낼 수가 없어서 급하게 집을 구했고, 그러던 중 좋은 위치에 월세가 시세 반값인 곳이 있어 그날 바로 계약을 했다.

"손가락에 그건 뭐야?"

엄마가 엄지와 검지에 웬 테이프를 둘둘 말고 있었다. 가게에 있을 땐 거의 일회용 장갑을 껴서 나도 뒤늦게 알아챘다. 엄마가 손을 뒤로 감추며 말을 돌렸다.

"으응, 별거 아냐. 근데 네 차는 대체 언제 나온다니?"

"두 달 뒤에."

"오래도 걸린다."

"그치? 내가 무슨 스포츠카를 뽑은 것도 아닌데."

"어쩔 수 없어. 원래 섬은 다 느려."

도로에 널리고 널린 평범한 중형차인데도 출고 대기가 길었다. 중고차라도 살까 했는데 찬희가 격렬하게 반대하는 바람에 사지 못했다. 새 차의 출고를 기다리는 동안, 엄마가 차를 빌려주기로 했다.

"나희야. 올해 안에 제발 결혼해, 응? 엄마 이제 소원은 그거 하나밖에 없어."

주차장까지 나를 마중나온 엄마가 차 키를 넘겨주며 신신당부했다.

"네가 빨리 시집가야 찬희도 시집보낼 거 아냐."

"엄마, 걔는 장가가야지. 시집은 내가 가는 거고."

"내 정신이 이런다. 하여튼 걔는 아들이 아니고 딸이야, 딸."

찬희는 나보다 더 살뜰하게 엄마를 챙겼다. 서울에 사는데도 거의 매 주말마다 제주도에 들렀다.

"그냥 찬희부터 결혼하라 그래. 순서가 뭐 얼마나 중요하다고."

마침 찬희에게는 사귄 지 오래된 여자친구도 있다.

"그랬다가 네가 더 늦어질까봐 그러지! 엄마는 첫째부터 보내야 걱정이 없는 거야."

"요즘 세상에 첫째 둘째가 어디 있어. 짝 있는 사람부터 가는 거지. 결혼 안 하고 싶으면 맘 편히 혼자 사는 거고."

"아휴, 나희야!"

엄마가 기겁하며 내 말을 막았다. 끝내는 내게서 비혼 선언을 들을까봐 무서운 듯했다.

엄마는 내가 결혼에 심드렁한 게 본인 잘못이라고 생각했다. 우리집이 이혼 가정이니까. 그 죄책감을 나는 이해한다.

"결혼해서 너 닮은 딸 낳아봐. 생각만 해도, 응? 얼마나 예쁘니? 너는 낳기만 해. 하나도 안 키워도 돼! 너랑 찬희네 애들은 엄마가 다 키워줄 거야."

애를 낳으면 키워주겠다는 회유는 엄마의 18번이었다.

"샤랄라 드레스만 입히고, 유기농 식단만 먹이고, 매일 업고 다닐 거야. 엄마가 너희한테 못해준 거 싹……"

"갈게요."

도망치듯 운전석에 앉은 날 보고 엄마가 창문을 두드렸다.

"나희야, 운전 조심하고. 제주도에서 운전하는 게 쉬워 보여도 은근히 어려워."

"응. 엄마 얼른 들어가. 이따 저녁에 바쁘면 올게요. 전화해."

"안 와도 돼. 나희야, 너 앞치마 입고 서빙하는 거 보면 엄마 심란해. 신경쓰이니까 그냥 오지 마. 얼른 가."

엄마가 손사래를 치며 사양했다. 내가 식당 일 돕는 걸 저렇게 싫어한다. 제주도는 봄부터 성수기라서 엄마의 만둣가게는 이제 휴일도 없는데……

"엄마, 옷 좀 따듯하게 입어요. 아직 추워."

"춥기는, 엄만 더워서 미치겠다. 아직 3월인데 벌써 왜 이렇게 덥니?"

그렇다고 민소매 셔츠를 입을 날씨가 아닌데, 엄마는 아까부터 손부채질까지 하고 있었다.

"얼른 가. 운전 조심해!"

텅 빈 주차장을 빠져나갈 때까지도 엄마는 그 자리에 못 박힌 듯 서서 나를 지켜보고 있었다.

어릴 적 나는 엄마의 껌딱지 강아지였다. 엄마는 내 세상, 내 전부, 내 모든 것이었다. 우리 모녀는 오직 서로를 위해서만 살았다. 한때는 엄마를 지키려고 내게 가장 값진 것을 포기하기도 했다. 그러고도 아깝지 않았다. 우리는 한몸처럼 감정, 생각, 기분까지도 모두 공유했다. 20년을 같은 방에서 살았으니 당연했다.

그랬던 우리가 서로 떨어져 산 지 장장 12년이다. 어떻게 그 좁은 방에서 같이 살았는지 지금은 상상도 되지 않았다.

그렇게나 바랐던 재회였지만 막상 엄마와 지내보니 함께여서 행복하기보단 불편함이 더 컸다.

더군다나 엄마는 나만 보면 결혼 얘기를 했다. 내 이마에 '결혼'이라고 써 있기라도 한 건지, 엄마 얘기를 듣다보면 가끔은 숨이 막혔다.

미안해, 엄마. 어쩌면 엄마 딸은 평생 혼자 살아야 할 팔자인지도 몰라.

나는 삼킨 말을 혼자 곱씹었다. 소개받은 남자와 왜 잘 안됐냐고 물어도 명확하게 대답해줄 수가 없어서 곤란했다. 엄마는 아직 이 사실을 모르니까.

나는 저주받았다.

어떤 남자도 사귈 수 없는 저주였다.

내가 먼저 버리고 떠났던 권현진은 놀랍게도 여전히 내 안에 남아 있다. 그애를 담았던 눈에 다른 남자가 들어올 리 없었다. 가슴이 뛰지 않는 남자들과 만나서 손을 잡는 게 도저히 가능하지 않았다. 설렘이 어떤 감정이었는지 내 심장이 알고 있는데, 모르는 척 나를 속이는 것도 모자라 상대를 기만할 수 없었다.

강산이 바뀌었다. 나도, 엄마도 모두가 변했다. 지나간 세월이 벌써 몇 년이야. 10년도 훨씬 지난 일이잖아, 그러면서 외면하려 해도 답은 여전했다.

불모지가 된 가슴속에서도 그애는 끝끝내 살아남았다. 내 심장을 다 태우고, 다른 누구에게도 애정 한 방울 나눠주지 못하게 사막을 만들고서 저 혼자만 그렇게 살아남았다.

지독한 내 첫사랑이 배신자에게 건 저주였다.

공원 사거리에서 신호를 기다리는 중에 이찬희한테 전화가 왔다.

—누나, 엄마 차 쓰기로 했다며?

그새 엄마랑 통화했나. 얘기를 듣고 나한테 쪼르르 전화를 건 게 퍽 이찬희다웠다. 진짜 엄마랑 비밀이 없는 애다.

"야. 이찬희."

—응?

"너 진짜 죽을래?"

—나 왜. 왜 그래, 누나.

같이 나이를 먹어도 동생은 동생인지 내가 목소리만 깔면

찬희는 바로 졸았다.

"정보부장 선생님인지 하는 그분. 나한테 맡겨놓고 너 혼자 서울 가버려서 얼마나 곤란했는지 알아?"

—어차피 바다에 버리고 왔다며……

"말도 안 하고 누구 소개하는 거 내가 하지 말라고 했지."

—아니, 엄마가 자꾸 나한테 누나 선 자리 알아보라고, 누나 빨리 결혼시켜야 한다고 계속 그러는데 어떡하라고.

"내가 알아서 한다고 했잖아."

—엄마가 나한테 자꾸만 압박한다고. 나도 얼마나 곤란한데…… 누나, 근데 박진석 선생님 진짜 별로야? 왜?

한숨이 나왔다. 찬희와 2차전인가.

—뭐, 어떤 남자가 좋은데. 나한테 얘길 해봐. 이상형이라도 있을 거 아냐.

"……내 운동화 끈 매주는 남자."

비웃듯 핸드폰 너머로 강한 콧바람소리가 들려왔다.

—누나 요즘 드라마 봐?

"끊어. 운전중이었어."

—진석 쌤은 누나 마음에 드는 눈치던데? 오늘도 나한테 물어보더라. 누나 서울 언제 오냐고.

"끊으라고 했다."

—진석 쌤 인기 많아. 키도 크잖아. 집안도 괜찮대. 강남 건물주야. 얼굴도 그 정도면 잘생기지 않았어? 누나 잘생긴 남자 좋아하잖아.

"아니거든."

—아니긴 뭘 아니야. 속일 사람을 속여라.

통화가 끊어질 기미가 안 보였다. 우선 차를 갓길에 세웠다. 한라봉 공원길은 다행히 지나다니는 차량이 거의 없었다.

"이찬희."

—아, 누나……

"다신 그런 짓 하지 마. 나 그런 자리 진짜 부담스럽고 피곤해, 찬희야."

—뭐가 부담스럽고 뭐가 피곤해. 만남이 원래 그런 거지. 사람 만나는 게 어디 쉬운 줄 알아? 누나가 자꾸 그런 방어적인 태도로 남자를 만나니까 계속 연애가 안 되는 거야.

임용에 합격하고 발령 대기중이라고 징징거리던 게 엊그제 같은데, 교사로 일한 지 몇 년이나 됐다고 아주 사사건건 가르치는 말투다.

"그냥 너나 빨리 결혼해라. 응? 수진이가 결혼하자고 했다며."

—내가 결혼할 돈이 어딨어……

찬희는 고등학생 때부터 사귄 여자친구가 있다. 과외며 온갖 아르바이트로 결혼 자금을 차곡차곡 모아뒀는데, 그 돈을 주식으로 전부 날려먹었단다.

"그거 복구된다며. 아직 멀었어?"

—주식이 하루아침에 복구되면 개미가 왜 개미겠냐?

찬희의 목소리가 날카로웠다. 액수가 크긴 큰가보네. 주식으로 정확히 얼마를 날렸는지는 나도 모른다. 엄마는 대충 아는 눈치인 것 같았다.

"찬희야. 엄마 손가락에 웬 테이프를 말고 있더라? 너 그거 뭔지 알아?"

—류머티즘 때문일걸?

"류머티즘……? 관절염?"

—응. 쉬는 날도 없이 만두 빚는데 손가락이 남아나겠어?

잊고 있었다. 엄마는 권 회장 저택에서 일할 때부터 관절이 성치 않았다. 젊었을 적부터 건설 현장 식당에서 일하느라 고생깨나 했던 몸이었다.

—나 같으면 그 인간 때문이라도 제주에 더 있기 싫겠다.

"그 인간?"

—아빠 말이야. 어우, 부르기도 어색해.

찬희는 아빠에 대한 기억도 없어서 나나 엄마보다 더 아빠를 질색했다. 애초에 엄마가 식당 자리를 옮긴 건 아빠 형제들이 찾아와 행패를 부렸기 때문이었다.

—식당 그만하고 서울로 오시라고 귀에 딱지 앉도록 말했는데 들은 척도 안 해. 우리 결혼하는 거 봐야 가게 접겠대.

엄마의 고집도 이해는 된다. 이미 건물까지 올린 마당에 식당을 그만두기가 어디 쉬울까.

—그러니까 누나가 빨리 결혼해. 엄마가 결혼정보회사 좀 알아보라고 하더라. 누나 가입시킨다고.

"미치겠다. 나 거기서 안 받아줄 거라고 해."

—누나를 왜 안 받냐? 상식적으로.

"연봉이 낮아서 예선 탈락이라고 그래. 결혼정보회사에서 퇴짜맞았다고."

—연봉 상관없는 거 같던데? 얼굴을 제일 많이 보나봐. 누나는 의사도 가능하대. 나이는 좀 많은 것 같은데 그래도 한번 소개……

순간 머리에 피가 확 몰렸다.

“야, 이찬희. 너 벌써 결혼정보회사에 연락했어?”

열받아서 핸들을 내려치다 클랙슨을 울렸다. 내 차에서 난 경적에 찬희가 반응했다.

―누나, 보험은 들고 운전하는 거야?

“말 돌리지 말고, 결혼정보회사에 나 등록했냐고!”

―아니, 자동차보험 들었어? 보험이 얼마나 중요한데!

알지, 보험 중요한 거. 오히려 내가 찬희에게 말려들었다.

“그…… 자동차보험 엄마가 다 해놨다고 난 신경쓸 거 없다던데?”

―1인 운전자로 엄마만 지정해놨을걸? 그게 더 저렴하다고 내가 작년에 알려줬거든. 빨리 바꿔. 사고 나면 큰일나.

“알았으니까 이제 끊어. 어차피 오피스텔 앞이야.”

괜히 긴장하게 만들고 난리야. 아무렇지 않은 척했지만 불안했는지 심장이 두근거렸다.

나는 운전 경력이 긴 편이다. 다만 내가 거주했던 호주와 영국 모두 우핸들 국가여서, 좌핸들 운전은 생전 처음이었다. 방향지시등을 켠다는 게 자꾸만 와이퍼를 켰고, 회전할 때마다 살짝 아슬아슬한 느낌도 들었다.

‘사고 나면 큰일나.’

찬희의 마지막 말이 자꾸만 귓가를 맴돌았다. 관리실에 차량 미등록 상태라 일단 공용주차장에 차를 댈 생각이었다. 오피스텔 주차장은 폭이 좁아서 마음의 준비도 필요하니까.

걸어서 5분 거리인 한라봉 공원 주차장이 마침 제일 가까웠다. 입구에 들어서서 우회전하는 그때였다.

끼이익 하고 끔찍한 소리가 났다. 확 소름이 끼쳐서 그 즉시 브레이크를 밟았지만 이미 늦었다. 옆 차 문짝에서부터 헤드라이트까지 쭉 이어진 기스가 보였다. 설상가상 보닛 위에는 고고하게 날개를 펼친 엠블럼이 우뚝 솟아 있었다. 비싸기로 유명한 외제차였다. 온몸의 피가 한번에 빠져나간 것만 같았다.

"씨…… 이찬희."

핸들에 머리를 처박고 있던 나는 진정하고 명함과 펜을 챙겨 내렸다. 정차된 차량이라 당연히 안에 사람이 없는 줄 알고 연락처를 확인하려는데 전화번호가 잘 보이지 않았다.

무슨 선팅을 이렇게 어둡게 해놨지? 눈을 가늘게 뜨고 다가서던 그때, 갑자기 운전석의 문이 열렸다.

은행원 느낌의 정장을 입은 젊은 남자였다. 놀라서 움찔하는데 어쩐지 운전자의 표정이 심각하지 않았다. 얌전히 세워

둔 차를 재수 없게 긁힌 사람 같지 않았다는 뜻이다. 오히려 운전자는 이해할 수 없을 만큼 호의적인 눈빛으로 내게 걸어왔다.

"스파크 차주 되시지요?"

"네…… 죄송합니다. 드릴 말씀이 없습니다. 정말 죄송합니다."

"아휴, 아닙니다."

"변상하겠습니다. 죄송합니다."

꾸벅, 연신 몸을 숙이는데 피해 차량 운전자가 손을 내저었다.

"아닙니다. 많이 놀라신 것 같은데. 어디 다친 곳은 없으시고요?"

이게 무슨 일이지. 저따위로 차를 긁어놓은 이 몹쓸 자의 안위까지 걱정해주다니. 내가 없는 사이 대한민국이 언제 이렇게 따듯한 나라가 되었나.

"법인 차량이 아니고 저희 이사님 개인 차량이라서요. 괜찮다고 하시네요."

"네?"

아니, 차를 저 지경으로 만들었는데 정말 괜찮다고요? 되묻는 얼굴이 웃겼는지 운전자가 하하, 하고 웃음을 터뜨렸다.

"그냥 가셔도 된다고 하십니다."

저 사람이 무슨 소리를 하는 거야. 짐짝 굳어 있던 나는 당황해서 손을 내저었다.

"아, 아니에요. 살짝 긁은 것도 아니고…… 제가 수리비 변상하겠습니다."

운전자가 슬쩍 문짝을 보고는 머리를 긁적였다. 내가 긁어 놓은 흠집이 얼마나 길고 넓은지 한라산 정상에서 봐도 보일 것 같았다.

"수리비 엄청 나올 것 같은데요."

"네…… 그죠."

모아놓은 돈이 있기는 하지만 이렇게 어이없이 날려버리게 될 줄은 몰랐다. 눈물이 핑 돌았다.

"근데 괜찮다고 하셨으니까 진짜 그냥 가셔도 돼요."

"정말이요?"

"예. 저희 이사님, 엄청 쿨하시거든요."

아름다운 세상이다. 노블레스 오블리주! 차주인 이사님도 감사하고, 말을 전해준 사람도 내겐 구세주였다. 고마운 나머지 나는 운전자를 보며 활짝 웃었다.

"감사합니다. 감사합니다!"

차량 뒷좌석에 계신 이사님을 향해서 한번, 운전자에게도 다시 깊이 고개 숙여 인사했다.

운전자는 살짝 입을 벌린 채로 별다른 말이 없었다. 빨개진 귀가 보였지만 나는 살았다는 안도감에 별다른 생각이 들지 않았다.

"저기, 그래도 제 명함은 드릴게요."

두 손으로 공손히 명함을 내밀자, 물끄러미 내 얼굴만 쳐다보던 운전자가 한 박자 늦게 반응했다.

"아, 아닙니다. 저희 이사님이 아무것도 받지 말라고 하셔서요."

그 이사님이 혹시 천사신가요? 굳었던 온몸이 사르르 녹는 기분이었다.

"그러면 저한테 전화번호나 명함이라도 하나 남겨주시겠어요?"

"네. 제 거 드릴게요."

지갑을 꺼내는 손이 살며시 떨렸다. 명함에 '박상현 대리'라는 이름이 먼저 보였다. 혹시 몰라서 핸드폰을 내밀고 있던 나는 명함을 받으려고 핸드폰을 넣었다. 그런데 뒤늦게 박상현이 자신의 전화번호를 찍어주려고 빈손을 내밀었다. 둘 다 긴장해서 떨다가 손이 엇갈린 상황이었다. 눈을 맞춘 우리는 동시에 어색한 웃음을 티뜨렸다.

"제가 번호 알려드릴게요. 박상현입니다."

그가 먼저 내 핸드폰을 받아들고 자신의 전화번호를 입력하려던 순간이었다.

달칵.

내내 조용하던 뒷좌석 문이 열렸다.

검고 윤이 나는 구두가 제일 먼저 보였다. 유난히도 긴 다리. 그리고 딱 맞게 재단된 슈트의 고급스러운 분위기가 주변 공기를 압도했다.

워낙 건장해서인지 남자가 입은 슈트는 옷이 아니라 몸을 감싼 갑옷처럼 보였다. 그가 차에서 내리는 순간은 짧았지만, 내게는 묻어둔 기억 속의 한 장면처럼 느리게만 지나갔다.

"아, 이사님. 혹시 모른다고 전화번호를 남겨달라고 하셔서요."

완벽하게 다림질된 정장을 입은 '이사님'이 뒷좌석 문을 닫고 내 앞에 섰다. 키는 예전보다 컸고, 더 넓어진 어깨 때문인지 몸은 전보다 살짝 마른 듯했다.

우리의 시선이 허공에서 얽혔다. 봄바람을 타고 날아온 남자의 묵직한 우드 향이 코끝까지 닿았다.

"이나희?"

주변을 장악하는 특유의 목소리가 공기를 타고 낮게 흘렀다. 전체적인 분위기는 전보다 훨씬 차갑고 예민해 보였다. 그러나 나는 그를 한눈에 알아볼 수 있었다. 내게 꽂힌 시선은 언제나 타는 불꽃처럼 뜨거웠으므로.

"맞나? 이나희."

"……"

내가 한국을 떠나게 된 이유.

끈질기게 내 안에 살아남은 저주.

못처럼 박힌 첫사랑.

그애였다.

아니…… 이제는 도저히 그를 '애'라고 칭할 수가 없었다. 그는 남자였다. 전에도 물론 그랬지만 이제는 완벽한 성인 남성으로 변모했다. 미치게도 나를 홀려놓았던 그애는, 어느새 눈을 뗄 수 없을 만큼 매력적인 남자가 되어 내 앞에 서 있었다.

"이사님, 아시는 분입니까?"

그 또한 생각지 못한 재회인 듯했다. 날 보는 시선에 난감한 기색이 스쳤다. 하지만 그것도 잠시였다. 예전이라면 상상도 하지 못할 유연한 미소를 걸치고, 그가 쉽게 우리의 관계를 일축했다.

"잠깐 만났던 친구예요. 어릴 때."

사실이긴 하나 충격이었다. 나는 말문이 막혀 한마디도 할 수 없었다. 한국에 돌아온 지 겨우 3개월 만에 그와 이런 우연으로 재회한 것도 어이없었지만, 나를 '잠깐 만났던 친구'라고 정의하는 첫사랑에게 쇠 방망이로 뒤통수를 맞은 것만 같았다.

"아…… 아아."

당황한 박상현이 난감한 신음을 흘렸다. 어색하고 긴 침묵이 흘렀다. 굳어 있던 박상현이 황급히 내게 핸드폰을 돌려주었다. 찍다 만 번호는 의미 없는 숫자였다.

"죄송합니다, 이사님. 제가 괜한 걸 여쭤봐서…… 불편하게 해드렸네요."

"괜찮습니다. 굉장히 오래전 일이라서 별로, 불편할 건 없고."

남자가 웃으며 담배를 물었다. 몸을 숙이고 있던 박상현은 재빨리 라이터를 꺼내 한 손으로 바람을 막고 그의 앞에 불을 대줬다.

"이사님, 여기."

미간을 좁힌 그가 살짝 고개를 숙이고 담배에 불을 붙였다.

"얼마나 됐더라……"

입에 문 담배 때문에 발음이 조금 뭉개졌다.

"기억도 가물가물하네요."

깊게 담배를 빨아들인 남자가 잠시 찌푸렸던 인상을 풀었다.

"너도 불편한 거 아니지? 이나희."

후, 곧장 뱉어진 회색 연기가 우리 세 사람 사이를 갈랐다. 어지럽게 흩어진 연기가 거둬지고, 그가 나를 직시했다.

"오랜만이다."

지독하게 날 괴롭혔던 그 미소는 여전했다. 씩 웃는 얼굴이 제주도의 봄날보다 환해서 눈앞이 다 어지러웠다. 와중에 그는 주머니에 꽂았던 다른 손을 내게 내밀었다.

"다시 보니 반갑네. 잘 지냈어?"

손가락이 길쭉길쭉하고 커다란 손. 늘 먼저 나를 움켜쥐던 그 뜨거운 온도와 부드럽게 손등을 쓸던 움직임까지…… 한번도 잊어본 적 없는 그 손이었다. 귓전에서 심장이 뛰어대는 소리가 아득하게 들려왔다.

이건 꿈이 아니다.

눈앞의 낯선 남자는 정말 권현진이었다.

차 내부는 깔끔했다. 그에게서 나던 남성적인 향기가 차 안에도 가득했다. 개인 차량이라더니 차도 권현진다웠다.

내가 왜 여기 앉아 있지. 진짜 미친 건가……

갑자기 뒤에서 들어오는 차 때문에 내 차를 빨리 빼줘야 했다. 마침 박상현이 대신 주차를 해주겠다고 나섰다. 잠깐 타라는 말에 뭐에 홀린 것처럼 앉았다. 권현진과 나란히 뒷좌석에.

권진 건설 해외영업본부 권현진

"세상 진짜 좁다. 너 제주도에 있을 줄은 상상도 못했거든."

뭐라 대꾸할 말이 없어서 날카로운 명함 끄트머리만 괜히 꾹 눌렀다.

권현진이 그룹에서 일하고 있을 거라곤 당연히 예상했다. 다만, 건설이 아니라 권진 전자에 몸담고 있을 줄 알았다. 그룹에선 늘 전자가 중심이고 최우선이었으니까.

권현진은 전자 주식을 상속받기도 했고, 아버지인 권 사장님도 전자를 이끌었었다. 후계 구도에서 어쩌다 권승주에게 밀렸는지 모르지만, 그래도 장손 아닌가.

한때 건설은 그룹에서 가장 부실한 계열사였다. 그런데 권현진이 그 건설사에서 일하고 있을 줄이야.

"이렇게 우연히 만나게 될 줄은 더더욱 몰랐고."

부드러운 목소리가 고요한 차 안을 울렸다.

"난 장기 프로젝트 하나 끝나서 잠깐 휴가 왔어. 뭐…… 여기서도 연장선이긴 한데."

내내 고개를 숙이고 있느라 지금 권현진이 어떤 표정인지 알 수 없었다.

"반갑다, 이나희. 정말 오랜만이지?"

"……"

"말이 없네. 나만 떠들고."

그가 어색한 듯 웃음을 터뜨렸다. 그조차도 듣기 좋았다.

"뭘 그렇게 사려. 다 옛날 일 가지고."

우리의 지난 연애는 더이상 권현진을 아프게 하지 않는 모양이다.

"잠깐 만났던 친구예요. 어릴 때."

충격이 너무 컸다. 그게 진심이라니. 그럴 수가 있다니. 차라리 나를 모르는 사람이라고 말했다면, 그랬다면 이렇게 비참한 기분은 아니었을 텐데.

우리의 지난 시절이, 내가 그에게 더이상 아무런 의미가 없다는 사실이 다행이고 감사하면서도 한편으론 서글펐다.

"한국에는 언제 들어왔어?"

"3개월…… 전에."

"아하. 이전에는 계속 국외에 있었고?"

살짝 고개를 주억이는 것으로 대신 대답했다.

"그랬구나."

"……"

"너무 불편해하니까 내가 다 미안해진다. 괜히 아는 척했나 싶고."

아니라는 대답조차 차마 목소리가 안 나왔다. 권현진과 단둘이 차 안에 있는 이 상황이 어색해서 미칠 것만 같았다. 괜히 탔다. 창피하더라도 그냥 빨리 가버렸어야 했는데, 샛노란 내 차는 빈자리를 찾느라 아직도 주차장을 돌고 있었다.

대충 아무데나 빨리 세워줬으면, 그런 마음으로 초조하게 창밖을 힐끔거리는데 권현진이 넌지시 말했다.

"걱정 마. 박 대리가 주차는 잘해."

무의식적으로 고개를 돌렸다가 곧장 눈이 마주쳤다. 심장이 쿵 떨어지는 동시에 나는 반사적으로 그의 시선을 피해버렸다.

"너는 내가 되게 불편하고 싫은가보다."

"아니, 그런 거 아니야. 싫은 건…… 아니고."

"아니긴 뭐가 아니야. 너 지금 내 얼굴을 아예 못 보는데?"

말투에 장난스러운 웃음기가 묻어났다. 하지만 나는 웃을 수 없었다. 지난 관계에서 나는 죄인이었다. 우리가 마지막으로 나눴던 통화에서 새파랗게 질린 권현진의 목소리가 아직도 꿈에 나온다.

간절하게 매달리던 그애를 고작 몇 마디로 잘라버렸던 나. 줄줄 울면서 걸어갔던 출국장. 멍멍한 귓속에서 끊임없이 메아리치던 권현진의 비명 같은 애원…… 웃는 낯으로 날 바라보던 윤종오의 까만 눈동자.

그 모든 게 나의 오래된 악몽이었다.

"아쉽네. 난 오랜만에 이나희 보니까 반갑고, 재밌기만 한데."

진심인 듯 권현진은 초등학교 동창이나 연락이 끊겼던 옛 친구를 만난 것처럼 나를 대했다. 시종일관 다정했고 여유로웠다. 그에게는 지난 미련이나 케케묵은 옛 감정이 조금도 느껴지지 않았다.

"나한테 죄지은 거 있어? 얼굴 좀 들지?"

이사님이 엄청 쿨하시다더니, 없는 소린 아니었구나. 쿨하다못해 춥다. 시간의 힘인가? 원체 뒤끝 없는 성격인 건 알고 있었지만 아무렇지도 않은 권현진이 신기하기만 했다. 나는 그를 다시 마주치자마자 모든 게 다시 어제 일처럼 생생해져 낯을 들고 있을 수가 없는데.

하긴, 벌써 12년이나 지났다. 처량하게 옛일에 사로잡혀 있기에는 너무도 긴 세월이었다. 조심스럽게 눈을 들자, 물끄러미 내 쪽을 바라보던 그와 시선이 부딪혔다.

"윤종오 부장님은…… 잘 계셔?"

"나 그 사람 상종 안 하는데."

얼굴에 걸려 있던 그림 같은 미소가 그대로 굳어졌다.

"그렇게 된 지 꽤 됐어. 감옥 갔거든. 권승주 밀어주다가,

팽.”

고운 입매를 비틀며 그가 조소했다.

“줄을 아무리 잘 타면 뭐하나. 충견 흉내를 내도 개는 개인걸.”

윤종오 이야기를 꺼낸 게 잘못이었다. 갑자기 그 사람이 떠올라서 나도 모르게 튀어나왔다. 안 그래도 어색했던 자리가 숫제 가시방석 같았다.

“섭섭하네. 난 명함도 안 줘?”

“아.”

정신이 쏙 빠져서 완전히 잊고 있었다. 급하게 지갑에서 꺼내주자, 권현진이 지그시 내 명함을 내려다봤다.

“한라 미술관. 학예연구사 이나희.”

“……”

“큐레이터로 일하는구나. 멋지네.”

빡빡하게 쥔 미간을 매만지던 그가 불쑥 고개를 들었다.

“이번에 인수됐던가.”

“아, 응.”

역시 알고 있었구나. 내가 면접 보고 계약직에 합격했을 때는 한라 미술관의 마지막 전시와 리모델링이 거의 끝날 무렵이었다.

권진 행복문화재단에 인수된 한라 미술관은 '리황 아트센터 제주'로 재개관했다.

"'천년을 빚다' 그거 아직 전시하나?"

"응. 내달 말까지 해."

'불꽃, 천년을 빚다'는 리황 제주의 개관전으로, 본관의 도자기와 고미술품 중심의 소장전이었다.

"안 그래도 관장님이 들르라고 하시던데. 한번 보러 가야겠네."

그가 내 명함을 검지로 가볍게 튕겼다.

"나 제주에 있는 거 아시거든. 우리 할머니가."

그랬다. 권현진의 친조모가 바로 리황 아트센터의 관장이었다.

첫 출근 때 인수 사실을 듣고 이게 무슨 뚱딴지같은 우연인가 싶어 얼떨떨했다. 하지만 어차피 나는 리황 소속이 아니었다. 인수인계 작업 때문에 한라 미술관에 고용된 기간제였다. 그래서 명함도 한라 미술관 소속으로 나왔다.

"황 관장님은 아직 한번도 안 오셨는데……"

"어. 몸이 안 좋잖아, 우리 회장님이."

권 회장은 위암에 걸렸다고 했다. 영국에 있던 나도 그 뉴스는 본 적 있었다. 명예 회장이 된 권형도가 병상에 누워 있는 모습을.

"수술 잘되셨으면 좋겠다."

"수술은 잘됐어."

다행이다, 하려는데 그가 먼저 말을 이었다.

"근데 치매가 와서. 나도 못 알아봐."

"아…… 호전되셔야 할 텐데."

"벌써 오늘내일하는데 뭐. 가망 없지."

"……"

"할배 때문에 밖에 돌아다니기 뭐하니까, 할머니는 노인네 빨리 죽으라고 고사 지내는 중."

아무래도 주제를 돌리는 게 나을 것 같았다.

"그, 사모님은 잘 지내시지?"

"한남동 나간 지 오래됐어."

"부사장님이랑 분가하셨구나. 아, 이젠 회장님인가."

"밖에서 살림 차렸다던데. 운전기사랑 바람나서."

연달아 충격적인 소식을 전해듣자 표정 관리가 힘들었다. 자꾸만 벌어지려는 입을 간신히 다물었다.

"너도 알지? 최경환 대리."

"최 대리하고……?!"

"헤어지고 골프 선수랑 산다던데. 지금은 누구랑 사는지 모르겠다."

"……장 여사님은 잘 지내셔?"

"할아버지 병 수발해. 대소변 못 가리거든."

아니, 대체 무슨 대화를 하자는 거야. 뭐라고 대꾸해야 할지 쉽게 입이 떨어지질 않았다. 하여튼 예나 지금이나 사람 할말 없게 만드는 데는 선수였다.

때마침 주차를 마치고 어슬렁거리는 박상현 대리가 보였다. 갑자기 숨통이 트여서 빠르게 도어 손잡이를 찾았다. 정체를 모르겠는 버튼이 여러 개였다.

"이나희."

인사도 잊고 버튼을 더듬거리던 내게 권현진이 가볍게 물었다.

"바쁘지 않으면 식사나 한번 하자?"

"내가 요즘 정신이 없어서……"

우리가 마주보고 밥을 먹을 사이는 아니었다. 고민하고 말 것도 없이 거절의 뜻으로 어색하게 웃으며 고개를 젓는데,

그가 앞좌석을 눈짓했다.

"생각보다 많이 긁었더라고. 내 차."

"아."

나는 바보처럼 신음했다. 그런 나를 빤히 응시하는 그의 입가에 차가운 웃음이 번졌다. 등받이에 깊숙이 기대앉은 권현진이 내 명함을 들어 보였다.

"견적 나오면 연락할게. 수고."

대낮인데도 눈앞이 컴컴했다. 갑자기 내 인생에 나타난 권현진은 이번에도 어김없이 한순간에 사람을 흔들어놓았다.

리황 서울의 본관에서 신작이 왔다. 아침 내내 택배를 뜯느라 몸이 고되었는데도 입맛이 없었다.

"나희 쌤, 팍팍 좀 드세요. 쌤이 사시는 건데 나만 먹어서 어떡해."

지수씨가 잘 익은 흑돼지 한 점을 내 앞접시에 덜어주었다.

"근데 은미씨는요? 나희 쌤이랑 같이 안 나왔어요?"

"늦게 드신대요. 아트페어 신청 기간이라 정신없다고 하셔서."

주위를 돌아본 지수씨가 혹 누가 들을까봐 목소리를 낮췄다.

"완전 포스 장난 아니죠. 자기들은 리황이다 이건가."

"아무래도 본관에서 오셨으니까……"

"아니, 그래도 우리가 뭐 분관 그런 건 아니잖아요. 사람들이 보자 보자 하니까 좀 재수없어서."

한라 미술관에서 근무하던 대부분이 공무원이었다. 지수씨도 주무관이고. 나만 기간제였다. 인수인계가 끝나고 계약이 연장될지도 미지수였다. 소속이 아예 달라서인지 리황의 파견직 직원들은 묘하게 벽을 치는 느낌이었다. 점심식사도 늘 우리와 따로 했다.

그때, 식당에 틀어져 있던 TV에서 아는 이름이 들려왔다.

―다음은 권진 건설이 중동 지역에서 2조 5,000억 원 규모의 시설 공사 계약을 체결했다는 소식입니다. 현장에 나가 있는 기자 연결해보겠습니다.

사막에서 안전모를 쓰고 있는 취재기자가 화면에 나왔다.

―사우디아라비아는 우리 기업이 다양한 건설사업에 참여하고 있는 중점 협력 국가입니다. 이번 수주는 양국의 인

프라 사업 업무협약 체결을 계기로 하여 플랜트 분야 잭팟이라는 쾌거로 이뤄졌습니다.

이어서 신식 빌딩과 원전이 화면에 지나갔다.

오래전 권진 건설은 늘 회장님의 걱정거리였다. 살아남기 급급했던 나는 우리나라가 어떻게 돌아가는지, 국내 소식에서 멀어진 지 오래였다. 아니, 일부러 관심을 두지 않았다는 게 맞다.

—권현진 본부장은 혁신과 성장이라는 미래 전략으로 해외 수주형 사업 확대에서 4세 경영의 큰 성과를 보이고 있습니다.

그가 외국인과 회담하는 옆모습이 빠르게 지나갔다. 얼굴은 제대로 보이지 않았지만 분명 권현진이었다.

수저마저 내려놓고 나도 모르게 멍하니 TV를 쳐다보는데 지수씨가 고개를 갸웃했다.

"나희 쌤, 더 안 드셔요?"

"속이 좀 더부룩하네요. 아침을 너무 많이 먹었나봐요."

"또 빵 드셨구나. 어떡해. 고기 너무 맛있는데."

미안해서 2인분을 더 시켰다. 어차피 내가 쏘기로 한 거였다.

고기가 익어가는 불판을 보는데 권현진이 떠올랐다. 사실은 집에 들어간 이후부터 줄곧 그를 생각했다.

권현진은 제 사촌들처럼 악바리 같은 기질은 없었다. 후계 경쟁에서 살아남으려고 아득바득 구는 타입은 아니지만 그래도 언젠가는 한자리하고 있을 줄 알았다. 원체 똑똑하니까.

하지만 그는 내 예상을 훨씬 뛰어넘는 곳에 있었다. 비록 전자는 권승주에게 추가 기울었지만, 권현진은 저 멀리에서 훨훨 날아가고 있었다.

그의 말이 전부 맞았다. 윤종오라는 이름만 검색해도 기사가 쏟아져나왔다. 권현진을 잡고 회장의 발치까지 기어올라갔던 윤종오는 후계 가능성이 더 큰 권승주에게로 줄을 갈아탔다. 그리고 권승주의 경영권 승계에 발을 걸쳤다가 토사구팽당했다. 지금은 특수사채를 저가 발행한 혐의로 권영무와 함께 옥살이중이었다.

부사장님, 아니 이젠 권진 전자의 회장님이 된 권영무의 안부를 묻지 않은 게 천만다행이었다. 성추문, 배임, 횡령, 주가조작, 뇌물공여 등 혐의가 화려했다.

—이번 수주전에서 성공한 권진 건설은 한국식 재벌경영이라 불리는 세습경영의 우려에서 벗어났지만……

멀어지고 싶었던 소식은 한번 관심을 기울이자 끊임없이 귀에 들어왔다.

"후식 뭐 드실 거예요? 저 열무 비빔냉면 먹어도 돼요?"

"그럼요. 시키세요."

나는 된장술밥을 시켰다. 다 맛있었지만 지수씨가 시킨 열무 비빔냉면이 화룡점정이었다. 빨간 양념이 묻은 쫄깃한 면발에 삼겹살을 말던 지수씨가 넌지시 물었다.

"나희 쌤, 혹시 연애하세요?"

"연애요?"

"부쩍 핸드폰을 자주 보시길래…… 아님 말고요."

내가 핸드폰을 그렇게 자주 봤나? 애꿎은 검은 화면을 바라보다 액정에 비친 나와 눈이 마주쳤다.

수리 견적이 나오면 연락하겠다던 권현진은 막상 며칠이 지나도 잠잠했다. 다시 생각해보니 나와 연락하는 게 찝찝했나. 아니면 또다시 나를 잊은 건가. 이대로 그가 모른 척 지나가기를 바라면서 핸드폰은 왜 쳐다보고 있는 건지. 나도 내 마음을 종잡을 수 없었다.

권현진에게 전화가 온 건, 그로부터 일주일 뒤였다.

제12장

널 잊을 변명

—저녁이나 한번 먹자.

새털처럼 가벼운 목소리였다. 저녁을 거절하면 오히려 내가 딴마음이 있다고 생각할 것 같았다. 미련하게 아직도 혼자 옛 감정에 사로잡혀 있다고, 그래서 별거 아닌 식사 한 끼도 못하는 거라고.

나는 그게 사실이어서 곤란했다.

—피곤하면 점심도 괜찮고.

한숨이 저절로 나왔다. 밥은 무슨. 견적이나 말해주지.

"……그래. 알겠어."

—오늘 볼래?

곧장 되묻는 목소리가 미룬 숙제 처리하듯 시원시원했다. 권현진은 거침이 없었다. 평일에, 마침 미술관의 정기 휴관일이란 걸 미리 알고 연락한 것은 아닐 테고, 우연이겠지만 나는 더더욱 거절할 명분이 없었다.

그냥 빨리 해치워버리자. 나도 권현진과 똑같은 마음이었다.

"그래."

—헤븐리 호텔로 와.

❀

헤븐리 호텔은 그리 멀지도 않았다. 지수씨에게 얘기 들었을 때부터 한번 방문해보고 싶었다. 다행히 그리 멀지도 않았다.

권현진은 어렸을 때부터 워낙 호텔 레스토랑을 익숙하게 다녔기에, 이번에도 당연히 호텔 안에 있는 고급 식당에서 만날 줄 알았다. 하지만 그가 나를 초대한 곳은 헤븐리 호텔의 신축 건물이었다.

"호텔에서 관리하는 레지던스야."

권현진이 머무는 곳만 사람이 입주한 모양이었다. 아직 운영하진 않는 듯 엘리베이터의 비닐도 그대로였다.

"내부 인테리어중. 외관 공사는 다 끝났고."

층고가 높은 거실은 한눈에 담기지 않을 정도로 넓었다. 창문 전체에 커튼이 쳐져 있어서 바깥 풍경은 보이지 않았다.

모든 게 새것인 고급스러운 인테리어는 묘하게 사람을 불편하게 만든다. 어렵게 걸음을 떼던 나는 정중앙에 놓인 그랜드 피아노 앞에서 눈을 멈췄다.

어린 시절 그의 방이 떠올랐다. 유학 전, 한남동에서 지낼 때 권현진은 피아노를 꽤 좋아했었다.

레스토랑도 아니고 여길 왜 데려왔나 했는데……

"나한테 요리를 해주겠다고?"

"어."

"네가 직접?"

"뭘 그렇게 놀라."

그가 피식 웃으며 냉장고 문을 열었다. 미리 사둔 식재료를 하나씩 꺼내기 시작했다.

"요리하는 거 좋아해. 시간이 없어서 자주는 못하고. 그래도 한 끼 대접할 수준은 돼."

놀라서 그만 거절할 타이밍을 놓치고 말았다. 권현진은 정말 주방과 거리가 먼 남자였다. 나와 헤어지고 어떻게 살고 있을까, 다른 여자와 결혼하고 유부남이 된 그를 상상한 적도 있었다. 하지만 내 상상 속에 칼질하는 권현진은 없었다.

대체 무슨 짓을 하나 구경이나 해보자. 그래 봤자 쉬운 파스타 정도겠지, 하고 내심 우습게 봤던 나는 권현진의 손에 들려 나온 팔뚝만한 생선을 보고 깜짝 놀랐다.

"뭐야?"

"금태."

"금태……?"

"제철이래."

빨간 생선의 배를 갈라서 내장을 꺼내고 포를 뜨는 모습이 몇 번 해본 것 같았다. 그 모습에 입을 다물 수가 없었다.

"솥밥 해주려고."

"……"

"따듯하고 맛있더라. 얼마 전에 먹었거든."

권현진은 쌀을 불려두고, 얇은 다시마로 금태를 둘둘 감쌌다. 내가 의아한 눈으로 쳐다보자 그가 대답했다.

"미슐랭 레시피."

"아."

"셰프한테 배웠어. 이렇게 해야 비린내가 안 난다던데."

머리와 뼈로는 육수를 내고, 포를 뜬 금태는 오븐에 넣었다. 맛있는 냄새가 금세 넓은 공간을 장악했다.

권현진은 무쇠 냄비에 쌀을 볶다가 육수를 넣고 밥을 지었다. 뜸들이기 직전에 쫑쫑 썬 실파를 깔고, 그 위에 금태와 통통한 관자를 넣고 뚜껑을 닫았다.

그게 끝인 줄 알았는데 갑자기 싱크대에서 얼음 볼에 담가 둔 랍스터를 꺼냈다. 방금까지 살아 있었는지 싱싱해 보였다. 저건 또 뭐지.

"카르파초 하려고."

내 시선을 알아챈 권현진이 웃으며 말했다.

"먹어봤지? 코벤트 가든 근처에 파는 데 많잖아."

카르파초는 날것의 해산물을 고수와 라임즙에 섞은 요리였다. 원래는 남미 음식인데 유럽에서도 애피타이저로 자주 먹는다. 랍스터로 만드는 호화스러운 카르파초는 처음이지만, 내가 놀란 건 그게 아니었다.

"런던에 있었다고…… 내가 얘기했었나?"

순간 권현진의 손이 멈칫했다. 그러나 곧장 칼로 랍스터의 머리를 땄다. 우드득, 우드득. 두꺼운 껍질을 가르는 소리가 조용한 부엌을 울렸다. 야들야들하고 부드러운 살을 껍질에서 갈라내는 손길이 거침없었다.

그래, 착각이겠지. 칼을 들고 있는 사람한테 내 뒷조사를 했느냐고 굳이 따져 물을 필요는 없을 것 같다.

어쨌든 분위기는 나쁘지 않았다. 놀랍게도 말이다.

냉장고를 발로 차고, 입버릇처럼 욕설을 내뱉던 질풍노도의 소년은 더이상 없었다. 권현진은 시종일관 다정했고, 가끔 시선이 마주칠 때는 자상하게 웃었다. 엉망진창이었던 내 첫사랑 그애는 상냥한 매너가 몸에 밴 남성이 되어 내 앞에 나타났다.

"어때?"

권현진이 만든 랍스터 카르파초는 상큼하면서도 입에서 살살 녹았다. 갑각류의 기분 좋은 단맛만 입안에 남아 애피타이저로 최고였다.

금태 솥밥은 나도 처음 먹어보는 요리였다. 밥을 섞고 향이 진한 송이버섯을 얇게 썰어 그 위에 올려줬다.

"입에 맞았으면 좋겠다."

"되게 맛있어."

불편하게 헤어진 첫사랑. 그를 마주보고 밥이 넘어갈까 걱정했던 나는 우습게도 한 톨도 남기지 않고 밥그릇을 긁었다.

"요리 잘하네……"

"취미 붙였지. 혼자 산 지 오래됐으니까."

아직도 혼자 산다는 게 의외였다. 사모님 내외가 분가했으니 아껴 마지않는 장손을 권 회장이 한남동으로 다시 불렀을 줄 알았다.

"수업도 종종 받았고."

"취미에 열심이네."

"스키, 서핑, 승마, 그런 거 좋아했거든. 근데 요리는 좀 다르더라고."

셔츠의 소매를 걷어붙이고 요리하는 권현진은 도시적이고 세련된 미혼남 그 자체였다.

"한번 관심 가지니까 이 정도는 하게 되더라."

권현진이 내게 해준 요리들은 데이트 코스의 고급 레스토랑에서나 나올 법한 음식이었다. 딱 여자들이 좋아할 만한 예쁘고 고급스러운 요리.

키 크고 잘생기고 몸도 좋고 돈도 많은데, 심지어 요리까지 잘한다. 게다가 이제는 매너조차 흠잡을 데 없었다. 이렇게 반듯한 권현진은 낯설다. 내가 알던 사람이 아닌 것만 같았다.

아마 여자들이 줄을 서겠지. 그동안 얼마나 많은 데이트를 했을까……

"너도 한잔할래?"

그가 화이트 와인이 든 잔을 빙글빙글 돌리며 물었다.

"샤슬라인데, 여자 입맛에 맞겠더라. 다보스포럼 갔다가 사봤어. 두 병."

약간의 기포를 머금은 황금빛 액체가 상당히 유혹적이었다. 답 없는 날 빤히 쳐다보던 그가 빈 잔에 와인을 따랐다.

"아, 아니. 난 괜찮아. 차 가져와서 술은 좀."

"컨시어지 불러줄게."

나는 잔만 받고 마시진 않았다. 와인에서 풍기는 향기가 확실히 장난이 아니었다.

"저, 혹시 수리 견적은 얼마나 나왔어?"

"글쎄, 모르겠네. 출장 갔다가 회사 잠깐 들르고 바로 왔거든."

회사라면 서울 한복판이다. 모르긴 몰라도 권현진의 스케줄은 상당할 것이다. 손목에 찬 시계를 들여다본 그가 살며시 미간을 좁혔다.

"지금 전화해볼까?"

"아냐, 내일 알려줘도 돼."

이미 퇴근 시간 지난 지도 한참 전이었다.

"너 바쁘면 박상현 대리님한테 시켜도 돼. 나한테 직접 연락하시라고 전화번호 알려……"

"박상현 대리 퇴직했어."

"응?"

"출장 다녀오니까 벌써 나갔던데."

아니, 대기업을 제 발로 나갈 이유가 있나? 나와 비슷한 또래로 보여서 퇴사가 남 일 같지 않았다.

"왜."

싱긋 웃은 권현진이 와인을 한 모금 마셨다.

"아쉬워?"

"내가 아쉬울 게 뭐 있어. 그냥, 왜 벌써 퇴직하셨나 해서……"

나도 계약직인 만큼 취업 관련해서는 곱씹게 되었다.

"저보다 어린놈 모시고 다니기 싫었나보지."

할말 없게 만드는 데는 정말 일등이다. 마침 식사도 마쳤고, 수리 견적은 모른다고 하고. 자리를 일찍 파하는 게 좋을 듯했다.

귀한 재료로 정성껏 만든 음식을 대접받았다. 맛있는 요리를 먹고 배가 불러서인지 입이 저절로 열렸다.

"현진아, 너 건강해 보인다."

나는 조심스럽게 그와 눈을 맞췄다.

"취미도 즐기면서…… 재밌게 잘살고 있었구나."

제일 마음이 놓였던 부분은 바로 그거였다. 지나친 내 걱정과 달리, 권현진이 잘만 살고 있었다는 사실. 이를 내 눈으로 확인해서 무척 안심했다. 죄책감이 확 덜어지면서 긴장이 많이 풀렸다.

"잘 지내고 있어서 정말 다행이야."

과거의 어떤 끔찍한 기억보다 나를 가장 아프게 하는 것은 그의 외로움이었다. 같잖은 나의 연민을 좀먹고 자란 그의 외로움은 무기가 되어 나를 찔렀다. 기생충처럼 내 심장에 붙어서 한시도 떨어지지 않고 나를 괴롭혔다. 그렇게 권현진은 옆에 없을 때도 늘 나와 함께였다.

정말, 다행이다. 네가 괜찮아서 다행이야, 다행이다…… 혼자 속으로 그렇게 되뇌는데, 권현진은 별 반응이 없었다. 잔의 스템을 잡은 그대로 굳어 있었다.

"어."

갑자기 불이 켜진 것처럼 그의 동공에 초점이 돌아왔다.

"나 잘살았어. 건강하게."

뒤늦게 정지 버튼이 풀린 듯 권현진이 눈을 몇 번 깜빡였다.

"재밌게 잘 지냈어."

그러곤 와인으로 목을 축이고 피식 웃었다. 옛일을 떠올리는 듯했다.

"예전엔 뭐, 개차반이었지. 그때에 비하면 성격 많이 고쳤다."

알긴 아는구나. 어릴 땐 포악한 성질머리가 불쑥불쑥 튀어나왔다. 지금은 너무 달라져서 그때 모습과 매치가 되지 않을 정도였다.

"가끔 너 생각나면 고맙고, 미안하기도 하고 그렇더라. 이나희, 그나마 너니까 어울려줬겠구나 싶어서."

그가 곤란한 미소를 지으며 장난스레 말했다.

"사실은 기억도 잘 안 나. 농담이 아니라, 다시 봤을 때 네가 김씨인지 이씨인지도 헷갈리더라. 실수할 뻔했지."

이나희.

야, 이나희.

나희야, 나희야……

그렇게 부르던 목소리를 나는 한번도 잊은 적이 없었다. 꿈에도 나왔다. 환청을 들은 것도 여러 번이었다.

한데 권현진은 내 이름조차 가물가물하다고…… 충격에 표정 관리가 안 됐는지, 그가 날 보면서 민망한 듯이 웃었다.

"헤어진 게 정말 오래전 일이잖아, 우리. 만난 기간도 상당히 짧지 않았던가."

그의 다정한 미소에 심장이 쿡쿡 쑤셔왔다. 왜 날 버리고 갔냐는 원망 섞인 말을 기대한 건 아니다. 그렇다고 우리의 과거를 남의 일처럼 웃으며 말하는 권현진 또한 내 예상에 없었다.

"별거 아닌 일로 싸웠던 것만 어렴풋이 기억나더라. 뭐, 그땐 너도 나도 많이 어렸으니까."

어느새 권현진에겐 우리의 지난 연애가 친구 사이의 다툼 정도로 둔갑해 있었다.

사건은 존재하고 기억은 인식하는 것이라 했다. 그래서 시간이 지난 기억은 각자의 머릿속에서 미화되고 바래진다고. 하지만 아무리 그렇다 한들……

"왜 그런 눈으로 봐. 어차피 다 옛날 일인데, 나희야."

쏟아지는 시선을 피해서 눈을 돌렸다. 진정하려고 깊게 숨을 들이쉬고 호흡했다. 어느새 입술이 바짝 마른 게 느껴졌다. 속이 답답해서 내 앞에 놓인 와인 잔을 들었다. 신선한 산미를 띤 액체가 입안에서 화려한 축포를 터뜨렸다. 와인을 잘 모르는 내게도 꽤 응축된 맛이 느껴졌다.

"너 여자들한테 인기 많겠다."

"갑자기?"

"그냥. 그럴 것 같아서."

말을 돌리려고 하다가 고작 튀어나온 게 이런 얘기였다. 권현진은 팔짱을 끼고서 잠시 말이 없었다. 등받이 깊숙이 몸을 기댄 채로 씩 웃었다.

"왜. 다시 보니까 새삼 멋있어?"

"새삼이 아니라, 너는 원래 멋있었어. 잘생겼고……"

와인 잔에 시선을 두던 권현진이 고개를 주억이며 내 말을 되짚었다.

"멋있고, 잘생겼고."

"응."

"갖고 싶고…… 그래?"

곧장 치켜뜬 시선에 나는 꼼짝도 할 수 없었다. 눈빛 하나에 갑자기 공간 전체의 분위기가 달라졌다. 별거 아닌 그의 시선만으로 나는 사슬에 묶인 먹잇감이 된 것 같았다.

"이나희."

낮게 깔린 목소리에 나도 모르게 어깨를 움츠렸다. 삐뚤게 올라간 입매는 질 나쁜 한량 같았다.

"네가 나랑 좀 놀아주라. 제주에서 할 것도 없는데."

순간적으로 이해가 안 되었다. 바보처럼 눈을 깜빡이자 그가 설명했다.

"레지던스 완전히 오픈할 때까지 여기 있기로 했거든. 한 달 남았어."

"여기 권진 소유였어?"

"아니. 내 거."

얼떨떨했다. 헤븐리 호텔처럼 대형 규모의 건물을 누가 개인 소유라고 짐작이나 했을까.

"사재 털어서 투자했어. 누가 여기 입지 좋다길래."

"놀아달라는 건, 무슨 뜻이야?"

"별로 거창할 건 없고."

빈 잔을 채우며 권현진이 아무렇지 않은 듯 말을 이었다.

"가끔 밥 먹고, 커피도 마시고. 뭐 그런 거?"

"너…… 바쁘지 않아? 뉴스에 자주 보이던데."

"아랫사람들이 바쁘지. 나는 하는 거 별로 없어."

그럴 리가. 믿기진 않았지만 본인이 그렇다는데 할말이 없었다.

"골프는 안 맞고. 말 타는 것도 지겹고."

금빛 액체가 아슬아슬하게 출렁였다. 슬슬 잔을 돌리던 그가 단번에 와인을 들이켰다.

"따분한 계절이잖아."

봄이 따분하다는 소린 생전 처음 듣는다. 물론 그가 즐기는 스키나 서핑 따위의 레포츠를 하기엔 이른 계절이긴 했다.

"제주도 심심하다, 나희야. 네가 좀 놀아주라."

삐딱하게 나를 쳐다보는 눈빛에서 냉기가 느껴졌다. 목적이 어쨌건, 나는 사양이다.

"다른 취미 찾아봐. 등산 많이들 하더라. 스쿠버다이빙이나."

끼이익, 무거운 의자 끌리는 소리가 고요한 적막을 갈랐다. 가방을 들고 일어선 나는 힘겹게 입가를 끌어올렸다.

"저녁식사 고마웠어. 진짜 맛있더라. 잘 먹었어."

굳어 있던 그가 느리게 눈을 깜빡였다.

"……가겠다고?"

불시에 날 올려다보는 눈빛에 가슴 한편이 찌릿했다. 난 애써 아무렇지 않은 척 웃으며 대답했다.

"벌써 시간이 몇 신데. 내일 출근해야지."

"그래."

대답과 동시에 권현진이 자리에서 일어섰다. 마주선 그는 건장한데도 어딘가 아슬아슬해 보였다.

"데려다줄게."

"아냐, 너도 술 마셨잖아."

당연히 그가 직접 운전하겠다는 뜻은 아니었다. 알면서도 나는 모르는 척했다.

"내가 알아서 갈게. 택시도 있고, 대리 불러도 돼."

이게 권현진에게 보일 마지막 얼굴이다. 나는 혼신의 힘을 다해서 미소를 지어 보였다.

"비서한테 네 차 견적서 보내라고 해. 잘 지내."

거의 도망치듯이 거실을 빠져나왔다. 전기 고문을 당한 것처럼 머릿속이 숫제 엉망이었다. 내가 들어온 길이 왼쪽인지 오른쪽인지도 헷갈렸다. 레지던스가 워낙 넓은데다 복도가 길었다.

갑자기 침실이 보였다. 내가 방향을 잘못 들었다는 걸 깨달은 순간이었다.

"야."

몸을 돌리는데, 하마터면 뒤에 있던 권현진과 부딪칠 뻔했다. 넋 놓고 있던 애가 언제 뒤따라온 건지.

"누가 너한테 연애하자하고 했냐?"

"……"

"오버하지 마. 너한테 미련 있어서 개수작부리는 거 아니니까."

"알아. 너 아무 미련 없는 거. 그런 오해 안 했어."

권현진은 입가를 쓸어내렸다. 곧 그애 가슴이 크게 부풀었다 천천히 가라앉았다.

"그냥…… 가끔 보자고."

가만히 날 내려다보고 있던 그애가 빠르게 덧붙였다.

"자주 말고. 가끔이라도."

"난 그렇게 못하겠어. 미안해."

얽혀 있던 눈을 내가 먼저 피했다. 고개를 숙이고, 옆으로 비켜서서 복도를 빠져나갔다.

"이나희."

"심심하면 다른 사람 찾아봐."

쫓아오던 그애가 뒤에서 내 팔을 낚아챘다. 몸이 쉽게도 돌아갔다.

"내가 뭐 거창한 거 요구했냐?"

열받았는지 그의 목에 핏대가 섰다.

"그냥 얼굴만 보자고. 뜸해도 좋으니까 달에 한번, 아니 분기에 한번이라도!"

"미안한데, 현진아. 나는 힘들 것 같아."

"왜."

손을 비틀어서 잡힌 팔을 빼냈다. 뒤로 물러서자 그애가 곧장 거리를 좁혀왔다.

"왜 못하는데."

"너는 잘 기억 안 나는지 몰라도 나는 좀 불편해. 이런 만남."

하, 그가 짧은 비소를 터뜨렸다.

"왜. 나한테 미련이라도 남았어? 옛날 생각이 나서 도저히 내 얼굴을 못 보겠어?"

세련된 매너로 다정하게 웃던 그는 없었다. 어느새 권현진은 우리의 스무 살, 서툰 그 시절로 고스란히 돌아간 듯했다.

"저 병신 새끼 좀만 더 데리고 놀걸. 호주까지 쫓아와서 매달리게 더 열심히 좀 후려볼걸. 그래서 아쉬워?"

착각이 아니었다. 저애는 내가 런던에 있었던 것도, 처음 호주에 도착했던 것도 다 알고 있었다.

"아쉽고, 아깝고. 근데 갖고 놀 엄두는 안 나고. 그래? 옛날처럼 쉬워 보이지가 않아?"

어쩌다 이렇게 됐을까.

망한 첫사랑과 함께 밥을 먹는 게 아니었다. 분노도, 원망도, 지난 모든 감정이 거세된 것처럼 자상한 미소에 덜컥 발을 들인 내가 바보였다.

"뭘 겁내. 한번 해봐, 나희야. 다시 나 꼬셔보라고. 너 자존심 상할까봐 내가 판도 다 깔아주잖아. 어려울 것도 없네. 너한테 그렇게 쉽게 넘어갔던 새낀데, 지금이라고 뭐 다르겠어?"

나는 한참 바닥만 쳐다보다가 결심하고 고개를 들었다.

"현진아."

"전처럼 데리고 놀아봐, 이나희. 내가 다 맞춰줄게."

"권현진."

"어."

사람을 잡아먹을 듯이 으르렁거리는 게 꼭 짐승 같았다.

아무한테도 길들여진 적 없는 야생의 동물.

"나 갖게 해준다고. 너."

이제 보니 눈동자가 충혈되어 있었다. 출장에서 돌아와서 제주까지 오려면 일정이 빠듯했을 것이다. 티내지는 않았어도 피곤했던 모양이다.

"다신 안 마주쳤으면 좋겠다."

이 순간이 우리의 마지막이길 바랐다. 그렇다면 예전이나 지금이나 내가 할말은 이것뿐이었다. 이런 말을 할 주제나 되는지 모르겠지만……

"아프지 말고, 잘 지내. 지금처럼."

문을 열고 나왔다. 아무도 이용하지 않은 엘리베이터가 그대로 멈춰 있었다. 열림 버튼을 누르는데, 뒤에서 그가 내 어깨를 제 쪽으로 확 잡아당겼다.

"아!"

"지금처럼 어떻게."

그가 쥐고 흔드는 대로 몸이 나부꼈다.

"네 눈에는 지금 내가 어떻게 보이는데."

"……엄청 건강해 보여. 힘도 넘치는 것 같고."

잡힌 손을 비틀어서 빼려 했지만 이번에는 그렇게 되지 않았다. 나도 모르게 인상을 찌푸렸다.

"좀 놔줄래. 손목 아프거든."

그애가 눈싸움하듯 나를 세차게 노려보았다. 들썩이던 숨이 잦아들더니 보란듯이 내 손을 놓아주었다.

"그래. 알았다."

"사고는 그냥 보험 접수해. 그게 나도 마음 편할 것 같아."

"좋네, 그럼. 깔끔하겠네."

다시 열림 버튼을 누르자 권현진이 턱을 치켜들었다. 그가 한 걸음 뒤로 물러섰다. 언제 웃었냐는 듯, 원수 보듯 무섭게 굳은 얼굴로 날 직시했다.

"또 보자, 이나희."

동시에 엘리베이터 문이 닫혔다. 나는 거의 쓰러지듯이 벽에 기댔다. 한숨이 저절로 흩어졌다.

권현진. 우리가 또 만날 일은 없어.

이번에도 엄마가 나를 살렸다. 다행히 자동차 보험은 운전자 범위가 가족으로 지정되어 있었다. 이제 보험사하고만 얘기하면 된다.

그러나 나는 선부르게 안심했다. "또 보자"라고 했던 그의 말이 무슨 뜻이었는지는 며칠이 지나서야 알게 되었다.

“나희씨, 잠깐 나와보실래요? 누가 백자에 대해 여쭤보시는데, 나희씨가 잘 아실 거라고 해서요.”

나는 창고에서 연도별 작품 출납 목록을 정리중이었다. 같이 장갑을 끼고 일하던 주무관 지수씨가 장민희 실장을 돌아봤다.

“도록에 다 있지 않나요?”

“도록에 없는 거요.”

빼꼼 고개만 내밀고 있던 장민희가 쌩하니 사라졌다. 제 할 말은 다 했다는 듯이. 지수씨는 닫힌 문을 보며 황당해했다.

“와, 말투. 자기가 리황 출신이면 다야?”

날 보며 고개를 절레절레 저었다.

“헛소리 아니에요? 도록에 없는 걸 나희 쌤이 어떻게 안다고.”

“……”

“아니, 알아도 자기가 알지, 나희 쌤이 어떻게 아냐고요. 애초에 다 본관에서 온 건데.”

짚이는 작품이 하나 있었다. 나는 장갑을 벗으며 자리에서 일어섰다. H라인 스커트를 입고 쭈그려 앉았더니 그새 주름이 잡혔다.

"저 잠깐 나갔다 올게요."

'불꽃, 천년을 빚다'는 판매 목적의 전시가 아니었다. 대부분 황 관장님의 컬렉션이고 일부는 한남동 저택에서 왔다. 권 회장의 저택에서 온 그 일부의 도자기는 도록에 실려 있지 않았다.

평일 오전이라 미술관은 유달리 한가했다. 또각또각. 내 발소리만이 조용한 전시관을 울렸다.

백자……

떠오르는 작품이 하나 있다. 특유의 미형과 뛰어난 가치에 따로 자리까지 마련된 작품이었다. 그 공간은 백자의 유백색 아름다움을 극대화하기 위해 까만 벽에 조명을 최대한으로 줄여 연출했다.

나는 머릿속으로는 작품 정보를 되짚으며 도자실의 어두운 복도를 걸었다. 그리고 코너를 도는 순간, 눈을 의심했다.

경기도의 한 분원 관요에서 만들어진 조선시대 백자대호. 거의 완벽한 원형을 자랑하는 이 작품은 왕실에서 사용하던 물건으로 추정되며, 이런 크기는 국내에 몇 점 되지도 않는다.

우리 미술관에선 '달항아리'로 일컬어지는 그 도자기 앞에 권현진이 서 있었다. 짙은 어둠 속에 홀로 서 있는 그는 어떤 신화 속의 인물 같기도, 폐허 속에 혼자만 살아남은 승자처럼 보이기도 했다. 그만큼 현실감이 없었다. 이 공간의 주인공은 분명 달항아리인데, 권현진 앞에서는 홀로 조명을 받는 백자조차 배경일 뿐이었다.

멈칫한 내 쪽으로 그가 고개를 돌렸다. 어스름한 조명에 흑백으로 그림자 진 얼굴이 정확히 나를 향하고 있었다.

"뭘 그렇게 놀라."

넋을 놓고 있는 나를 비웃듯이 권현진이 말했다.

"내가 못 올 데 왔나? 여기 관장이 우리 조모님이신데."

안 그래도 고요한 도자실에 그의 낮은 목소리만 동굴처럼 울렸다.

"여기에 안 어울리는 사람은 내가 아니라 너 아닌가, 이나희."

틀린 소리는 아니다. 다신 마주치지 말자고 했지만, 정작 나는 황 관장의 미술관에서 일하고 있으니. 그의 가족들이 수집하고, 친할머니가 평생을 가꾼 경지에서 말이다.

"궁금한 게 뭐야. 백자에 관해서 물어볼 게 있다고 불렀잖아."

"없어."

노려보듯 날 쳐다보던 그가 보름달처럼 우뚝 선 도자기로 눈을 돌렸다.

"그냥 한번 불러봤어. 심심해서."

무성의한 대꾸에 화도 나지 않았다. 별로 바쁘지 않다는 게 사실은 사실인가보다. 이따위 장난질이나 하는 걸 보면.

"어릴 때 자주 보던 물건 보니까 옛날 생각도 나고. 너랑 추억 팔이나 해볼까 해서."

그랬다. 저 백자대호는 권 회장 저택 A동의 현관을 장식하던 물건이었다. 초등학교에 갓 입학한 당시의 나는 저 달항아리가 그렇게 대단한 물건인 줄 꿈에도 몰랐다. 아니, 권 회장 저택의 모든 물건이 귀하고 비싼 것들이라 더 특별한지 몰랐다는 말이 옳았다. 축구공 대신 권현진의 발에 차였던 고미술품 가운데서 살아남은 몇 안 되는 작품이었다.

"너한텐 우스워 보일지 모르겠지만 여기 내 일터야. 장난은 삼가 줬으면 좋겠다."

찾아오지 말라는 말은 차마 할 수 없었다. 황 관장님이 이 미술관의 주인인데, 따지자면 여기서 떠나야 할 사람은 바로 나였다.

"피차 불편한데 이렇게 마주칠 일 만들지 말자. 미술관 내년이면 그만두니까, 그때까지만 좀 부탁할게."

이렇게 된 마당에 재계약이나 정직원 전환의 꿈은 접어야겠다. 어차피 나는 교육직을 알아보는 중이었다.

"설명이 필요하면 다른 분 불러줄게. 도자 전공하신 분 계시거든."

걸음을 뒤로 물리려던 그때였다. 주머니에 꽂혀 있던 권현진의 손이 성큼 달항아리로 향했다. 기다란 그의 손가락이 백자의 유백색 피부를 유려하게 쓸었다.

심장이 무섭게 뛰기 시작했다. 나는 눈도 깜빡이지 못하고, 저지하지도 못하고, 아슬아슬한 심정으로 그 모습을 지켜보았다.

"어릴 때 내가 낙서한 거 있는데. 보이려나?"

어느 누구도 장갑 없이 만질 수 없는 귀한 작품이었다. 작품에 쏘이는 핀 조명도 그렇게 연출되어 있었다. 감히 쉽게 다가가지 못하도록.

하지만 권현진에겐 그 모든 게 무의미했다. 태어나서부터 제게 주어진 많은 특권을 특권인지도 모르고 당연하게 누리고 살던 애였다.

“다…… 지워졌을 거야. 보존팀에서 관리하거든.”

“모든 건 흔적을 남겨.”

뒷말을 가로챈 그가 서늘한 낯으로 날 돌아보았다.

“지워지는 과거는 없어, 이나희.”

백자 모양을 따라 위태롭게 움직이던 손가락이 툭, 튕겼다. 동시에 내 심장도 추락했다.

놀란 나는 뛰어들 듯이 권현진을 당겼다. 다행히 백자는 넘어지거나 하지 않았지만 놀란 가슴은 여전히 쿵쿵거렸다.

“너, 너 뭐하는 거야!”

간이 떨려 눈물이 핑 돌았다. 식겁해서 말도 제대로 나오지 않았다. 사람을 이렇게 놀라게 하고는 권현진은 자신과는 무관한 일인 양 아무 감정 없는 눈으로 가만히 나를 내려다보기만 했다. 자기가 무슨 짓을 했는지 가책조차 못 느끼는 얼굴이었다.

“여전하구나. 너 성격 하나도 안 변했네.”

머리 꼭대기까지 확 열이 올랐다. 하마터면 권현진이 달라졌다고 오해할 뻔했다. 그를 쏘아보던 나는 잡았던 옷자락을 떨치듯 놓았다.

"우리 제발 그만 보자. 너랑 말싸움하는 거, 나만 괴로워하는 거. 이제 다 지긋지긋해."

그런데 이번엔 권현진이 나를 붙잡았다. 한 손으론 내 손목을 잡고, 다른 손으론 또렷이 울리는 핸드폰을 귀에 갖다 댔다.

"네, 오랜만에 연락드렸죠. 죄송해요, 할머니. 자주 전화드리기로 했는데."

자상하게 안부를 묻는 목소리가 핸드폰 너머에서 들려왔다. 황 관장이었다.

"호텔 건으로 제주 와 있어요. 할머니 생각나서요. 네, 레지던스에 하나 두고 싶어서요."

점잖은 노부인의 목소리에 장손을 반기는 기꺼움이 여기까지 전해졌다. 시선을 내게 꽂아둔 채로 권현진은 태연하게 통화를 이어갔다.

"오랜만에 회장님 애장품 보니까 좋네요. 마음에 들어요. 한남동 추억도 떠오르고."

잡힌 손을 빼내려는데 권현진은 미동도 하지 않았다. 빤히 날 응시하는 눈동자에 서릿발 같은 냉기가 서린 건 그쯤이었다.

"그런데 관장님."

다정한 손자처럼 부드럽게 대화를 잇던 권현진의 말투가 날카롭게 돌변했다.

"제 앞에 직원이 한 명 있는데…… 얼굴이 좀 익숙하네요?"

그의 시선이 느릿하게 떨어져 내 가슴에 꽂힌 금색 명찰에서 멈췄다.

"네, 이나희씨라고."

당황한 듯 "누구?" 하고 되묻는 황 관장님의 목소리가 내 귀까지 들렸다.

"아무리 봐도 제가 아는 사람 같은데."

곧장 치켜뜬 눈길이 싸늘했다.

"이거 혹시 관장님 작품인가요?"

나와 일면식도 없는 관장님이 괜히 곤란해진 것 같았다. 나는 필사적으로 고개를 저었다. 끊어. 제발 끊어, 권현진.

"다시 전화드릴게요."

그가 통화를 마쳤다. 굳어 있던 나는 참았던 숨을 몰아쉬었다. 긴장이 한번에 풀려서 다리가 다 후들거렸다.

"이나희."

뻔뻔스러운 권현진은 백자를 손끝으로 톡톡 두들겼다.

"이거 내 집에 좀 옮겨주라."

"다른 직원 시켜."

나도 모르게 그를 노려보았다. 권현진은 내 거절이 가소롭다는 듯이 픽 웃었다.

"내 공간에 모르는 사람 들이는 거 질색이야. 넌 한번 와 봤고."

"말도 안 되는 소리 하지 마……!"

"왜 말이 안 돼. 내가 좀 예민하잖아, 너도 알다시피."

그때 여러 명의 발소리가 들렸다. 연결된 복도를 지나서 학예부장님과 장민희 실장, 직원 몇 명이 뛰어오듯 코너에서 급히 나타났다.

"안녕하십니까, 이사님. 늦게 연락받았습니다."

학예부장님을 필두로 직원들이 단체로 인사했다. 그러자 살얼음 위에 서 있듯 도자실에 흐르던 긴장감이 한순간에 사라졌다. 여유롭게 손을 내미는 그에게선 우리 사이에 오가던 칼날 같은 감정이 싹 지워져 있었다.

"안녕하세요. 권현진입니다."

그는 처음 내게 보여주었던 상냥한 미소를 지으며 학예부장님께 악수로 화답했다.

"저희 직원이 응대가 서툴렀던 것 같습니다. 안으로 안내해드려도 괜찮으실지요?"

지적받은 장민희 실장의 표정이 밝지 않았다. 학예부장님은 갑자기 나타난 VIP와 사담이라도 나누려는 듯했지만 권현진은 웃으며 이를 거절했다.

"괜찮습니다. 오늘은 선약이 있어서요."

부드럽게 휘어진 그의 눈매가 나를 향했다.

"일정상 제가 금요일 저녁에만 시간이 가능할 것 같네요. 작품 잘 부탁합니다, 이나희씨."

도자실 전체에 낯선 적막이 드리웠다. 차마 그에게 직접 묻지 못한 학예부장님이 내게로 이목을 돌렸다.

"나희씨는 한라 미술관 직원인데요. 어떻게, 두 분이 아시는 사이……?"

뭐라고 변명해야 하나, 고민하기 전에 다행히 권현진이 대신 대답했다.

"영국에서부터 알던 사이예요. 여기서 우연히 다시 보니 반가워서 제가 단계를 생각 못하고 말씀드렸네요. 월권인가요?"

"월권은요. 아닙니다."

권현진은 백자와 관련해서 학예부장과 몇 마디 더 주고받았다.

"이사님, 그럼 전시관 한번 돌아보시겠습니까?"

"좋습니다."

권현진이 직원들과 내부를 도는 동안 나는 뒤꽁무니로 빠져 있었다. 내가 있는지 확인하려는 듯 권현진이 한번씩 뒤를 돌아보는 바람에 창고로 도망갈 수도 없었다. 차라리 먼지와 씨름하는 게 낫지. 이런 상황은 곤혹스러웠다. 고작해야 20여 분인데 천겁같이 느껴졌다.

"다시 들러주시면 다음에는 부족함이 없도록 준비하겠습니다, 이사님."

정문 앞에서 대기하던 기사가 권현진을 발견하고 운전석에서 내렸다. 학예부장, 운영팀장님과 차례로 인사를 나눈 권현진의 시선이 당연한 듯이 내게 닿았다.

"주소는 비서 통해서 전달할게요. 수고 좀 해줘요, 이나희씨."

어찌나 자상한 말투인지 퍽 친한 사이라고 사람들이 오해할 법했다. 내가 부탁한 적도 없는 친분 과시에 학예부장님을 비롯한 직원들이 알아서 자리를 피해줬다.

사람들이 멀어지기 무섭게 권현진은 가면을 바꿔 쓰듯 표정이 달라졌다. 문을 나서자마자 그는 담배를 물었다. 이번엔 전자담배였다.

"우리 미술관…… 전 구역 금연이야."

힐긋 나를 쳐다본 권현진은 보란듯이 필터를 빨고 숨을 뱉었다. 나는 진이 쏙 빠져서 적극적으로 말리지도 못했다. 어차피 내 말은 무시할 줄 알았다. 삐딱하게 날 흘겨보던 그가 말했다.

"보험사에서 연락 왔더라. 넌 아직 얘기 못 들었나본데. 어떻게 알았냐고? 눈빛이 꼭 그렇네."

그의 말대로 보험사에서는 내게 아무런 연락도 없었다. 내 표정만으로 그걸 어떻게 알았지? 조형물에 반사된 햇볕에 권현진이 따가운 듯 눈가를 찌푸렸다.

"거기 연락 받았으면 너, 지금 나한테 싹싹 빌어야 하거든."

그가 악인같이 웃었다. 볼이 홀쭉해지도록 필터를 빨아들인 권현진이 친구처럼 다정하게 내 어깨를 두드렸다.

"각오 단단히 하고 와라, 나희야."

그러곤 미련 없이 차에 올라탔다. 권현진의 운전기사는 내게 깍듯이 고개를 숙이곤 차체를 빙 돌아갔다.

멀어지는 차량을 바라보면서 나는 알 수 없는 불안감에 휩싸였다. 맑은 하늘에 불어오는 봄바람이 씁쓸하게만 느껴졌다.

❀

—예, 선생님. 수리 견적과 대차 비용 합해서 대략 6,750만 원 나왔고요.

"얼…… 얼마라고요?"

—6,750만 원이요. 지금 사건 접수하신 피해자분이 강경하세요. 대인으로 형사고소 의사도 있다고 하시는데, 우선 빨리 합의를 보시는 게 좋을 거 같거든요?

믿기지가 않았다. 좀 심하게 긁었기로서니 저런 금액이 가당키나 한가? 거의 중형차 한 대 값이었다. 뒷좌석에 앉아 있던 권현진은 심지어 사고로 인한 허리 통증을 호소한다고 했다. 진짜 미친 것 같다.

"근데 전 앞좌석 문을 긁었는데…… 제가 잘못하긴 했어도 억울한 부분이……"

—예, 그죠. 억울하시죠. 근데 세상에서 제일 무서운 죄가

요, 괘씸죕니다. 괘씸죄.

대인배상은 보험으로도 전부 커버가 되지 않는다고 했다.

—배상도 배상인데, 형사처벌이 골 아프실 거거든요? 일단 직접 연락하셔서 피해자분과 합의 보시는 방법이 급선무고요……

뒤통수를 맞은 듯 머리가 얼얼했다. 너무 오랜만에 재회한 바람에 깜빡 잊고 있던 것이다. 권현진이 얼마나 집착이 강한 인간인가. 한번 마음먹은 건 절대 포기하는 일이 없는 앤데.

일이 손에 안 잡혔다. 말도 못하고 혼자 속앓이를 하고 있는데, 장민희 실장이 창고에 들렀다.

"나희씨, 케이크랑 빵 드실래요? 커피도 사왔는데."

권현진 관련해서 지령이라도 받았나. 뭔가 캐내고 싶은 게 있는 눈치였다.

"나희씨 좋아하는 베이커리에서 사온 거예요. '빵 사쿠꽈' 거기요."

"저 속이 좀 안 좋아서요."

내가 거절하자, 장민희 실장은 새초롬하게 눈치를 보더니 총총 사라졌다.

"장 실장 웬일이래. 갑자기 친해지고 싶나봐."

지수씨도 의아해할 정도였다. 속 보이는 처사는 둘째치고, 두통에 속까지 쓰렸다.

운전 인생에서 차 사고는 처음이었다. 수리비가 정말 그 정도인가? 물어볼 사람은 찬희와 창진이뿐이었다. 찬희한테 물어보면 엄마 귀에 들어갈 소지가 다분하고, 경찰인 창진이가 잘 알 것 같았다.

—정차된 차를 긁었다고? 차가 뭔데? 외제 차야?

"왜 그거 있잖아."

차종을 말해주자 들려오는 감탄이 길고도 깊었다.

—이야, 이나희! 넌 섬에서 어떻게 또 그런 차를 찾아서 긁었냐? 정말 용하다, 용해.

창진이와 다시 연락이 닿은 지는 얼마 되지 않았다. 한국에 들어오기 전에는 찬희 통해서 서로 소식만 물었다.

—그 차 거의 집 한 채 가격 아니냐? 나는 그런 걸 밖에서 끌고 다니는 사람이 더 이상하다. 대체 뭐하는 인간이래?

"모르지, 그건……"

날 고발한다는 차주가 내 첫사랑이라는 말은 할 수 없었다. 창진이도 나의 지난한 연애를 알고 있다. 찬희 때문에.

—동현이랑 한번 얘기해봐.

“네 후배?”

—엉. 걔가 교통과에 있잖아.

제주에서 교통경찰로 근무중인 창진이의 후배는 나도 안면이 있었다. 제주에 온 창진이와 찬희, 찬희 후배와 함께 넷이 만났는데, 이후에 개인적으로 연락이 왔었다. 부담스러워서 단둘이 만난 적은 없지만.

—불편하면 대신 말해줄까?

“아냐. 내가 알아서 할게.”

긁어 부스럼을 만들까봐 일단 거절했다.

“김창진. 너 찬희한테 내가 차 사고 냈다고 절대 얘기하지 마.”

—에이, 절대 말 안 하지. 나 입 무거운 거 몰라?

더 불안하다. 내가 한국에 없는 동안 두 사람은 죽이 얼마나 잘 맞는지 형제처럼 가까워졌다. 나는 창진이에게 몇 번이나 신신당부를 하고 끊었다.

합의.

어쨌거나 지금으로선 권현진과 합의를 보는 게 최선이었다.

레지던스에는 다행히 권현진의 비서가 함께 있었다.

"안녕하세요."

미술관 정문에서 마주쳤던 남자였다. 운전기사인 줄 알았는데 권현진의 수행 비서라고 했다. 그가 엘리베이터에서부터 동행해서 문을 열어줬다.

복도에 들어서자마자 쩌렁쩌렁한 피아노 소리가 들려왔다. 날 불러놓고는 아는 척도 안 하고, 권현진은 피아노 연주에 심취해 있었다.

어릴 때부터 온갖 악기를 배웠던 그는 피아노를 꾸준히 쳤는지 취미 이상의 실력이었다. 타이를 푼 흰 셔츠를 입고 검은 피아노 앞에 앉아 있는 모습은 솔직히 말해서 내가 본 어떤 연주자보다 아름다웠다. 부드럽게 흐르는 선율도 훌륭했다. 내 입장에선 황당할 뿐이지만.

"이사님이 술을 조금 하셨어요."

기가 막혀하는 날 보던 비서가 주저하다가 실토했다. 나에게만 들릴 만큼 조용한 속삭임이었다. 그 말대로 피아노 위에 갈색 술병과 얼음이 반 이상 녹은 온더록스 잔이 올라가 있었다.

쇼팽 왈츠 7번. 본인처럼 아름답고 우울한 선율이 흐르는 곡이었다. 저게 대체 무슨 청승인지 모르겠다.

"많이 마셨나요?"

"예, 꽤 드셨어요. 원래 자제하시는 편인데, 이상하게 요즘 갑자기……"

주사도 참 가지가지다. 취했으면 얌전히 잘 것이지, 내가 올 걸 뻔히 알고 있으면서 시위하는 것도 아니고 저게 뭐하는 짓인지.

원망을 담아 쳐다보는데, 권현진은 사람이 들어오건 말건 눈 한번 들지 않고 건반을 치는 데만 열중했다. 한숨이 나왔다. 내 할일이나 해야지.

"좀 도와주실래요."

"예, 예."

그의 비서와 함께 백자대호의 포장을 뜯었다. 겹겹이 싼 완충재를 떼어내는 데만도 한참이었다. 전문 차량으로 운반해주긴 해도 작품 설치부터는 내 일이었다.

이 귀한 달항아리가 어쩌다 저 폭군의 집에 왔을까. 인질처럼 잡혀온 백자의 자태가 오늘따라 더 가련해 보였다.

"도와주셔서 감사합니다."

"아닙니다."

비서와 진열장에 올라간 백자의 상태를 함께 확인하는데, 들려오던 피아노 선율이 뚝 멎었다.

"퇴근하세요."

뒤에서 갑자기 들려온 목소리에 우리의 고개가 동시에 돌아갔다.

"회사에서 봅시다."

권현진이 제 비서와 눈을 맞추며 피아노 의자에서 일어섰다. 피곤한 듯 미간을 주무르는 모습마저 수려하기 짝이 없었다.

"그럼 들어가보겠습니다, 이사님."

깍듯이 인사한 수행 비서가 완충재와 쓰레기를 안고 레지던스를 나갔다.

그사이 권현진은 빈 잔에 위스키를 반이나 따르고는 내게 다가왔다. 취객의 걸음걸이는 아니었다. 그런데 달항아리에만 못 박힌 시선이 어쩐지 불안했다. 쉽게 짐작할 수 없는 어떤 원망이 느껴졌다.

"권현진. 그만 마셔."

그의 시선이 뒤늦게 백자에서 떨어졌다. 온더록스 잔을 내게로 내밀었다.

"너도 줘?"

"아니, 난……"

"마셔봐."

삐딱하게 날 보면서 권현진이 유리잔을 향해 고갯짓했다. 늘 예쁘다고 생각했던 눈이 사납게 번뜩였다.

그는 지금 취하지 않았다. 취했다면 그건 알코올 때문이 아니라 날 향한 분노 때문이었다. 동요 없이 고요한 시선 뒤에 웅크려 있는 그의 감정이 읽혔다. 소리 없이 흘러넘치는 용암처럼, 응축된 원망이 뜨겁게 도사리고 있었다.

나는 권현진이 내민 유리잔을 받아서 테이블 위에 올려놓았다. 아무래도 그를 침실에 들여놓고 가는 게 마음이 편할 것 같았다.

"너 상태도 그렇고, 오늘은 대화 나누기 어려울 것 같다. 다음에 다시 얘기하자."

나는 달항아리와 권현진 사이에 끼어들어 그의 앞을 막아섰다. 조심스레 그의 팔을 잡고 방향을 돌렸다.

"침실이 어디야?"

"내 상태가 왜. 어떤데."

픽 웃으며 권현진이 한 발자국 내게 가까워졌다.

"맛이 좀 갔어? 그래 보여?"

권현진 뒤에 백자가 있었다. 그가 저번처럼 장난으로 손가락이라도 까딱했다가는 도자기가 넘어지기 딱 좋은 위치였다.

"다음에 다시? 씨발, 그게 언젠데."

"현진아, 잠깐만. 우선 좀 진정하고……"

"나 보기 불편하다며."

권현진이 천천히 거리를 좁혀왔다. 나도 모르게 백자를 힐긋거렸다.

"지긋지긋하다며. 다신 만나지 말자며!"

등에 장식장이 닿아서 흠칫했다. 다행히 백자는 흔들리지 않았지만 이러다 무슨 일이 생길까봐 초조해서 미칠 지경이었다.

"어딜 봐. 나 안 봐?"

순간 확 뻗어진 손이 거칠게 장식장을 밀었다. 동그란 백자가 기우뚱했다.

"악……!"

심장이 바닥까지 떨어지는 듯했다. 나는 온몸을 던져 백자가 넘어지려는 걸 간신히 막았다. 식겁한 나머지 백자를 제자리로 옮기는데 손마저 떨렸다.

“너 진짜 왜 이래!”

“저깟 게 뭐.”

다리 힘이 풀려서 벽에 기대어 숨을 골랐다. 내가 놀라 주저앉거나 말거나, 그는 감흥 없는 얼굴로 날 내려다볼 뿐이었다.

“비싼 할배 도자기는 신경쓰여 미치겠고. 본인이 갖고 놀던 장난감은 망가져도 상관없고.”

픽, 실소를 터뜨린 권현진이 무릎을 굽혀 자세를 낮췄다. 나와 시선을 맞춘 그가 낮게 읊조렸다.

“그래, 그게 너였지……”

자조 섞인 비소와 함께 고개를 주억였다. 멋대로 나를 정의하는 권현진이 어이가 없었다.

“근데, 나도 싸구려는 아니야. 어릴 때 네 눈에는 그렇게 보였나본데. 이젠 아니라고, 이나희.”

“나한테 대체 왜 이래. 너 잘만 살고 있잖아. 왜 사람을 못 괴롭혀서 안달인데!”

그가 다시 픽, 웃고는 허공을 응시했다. 몇 번 눈을 깜빡이다 곧장 시선을 맞추며 되물었다.

“어떻게 사는 게 잘사는 건지 네가 설명 좀 해주라. 난 모르겠거든.”

지금 억울한 사람은 나였다. 그런데 권현진은 마치 자신이 피해자인 양 쏘아붙였다.

“잘사는 게 뭔데.”

“너…… 성공했잖아.”

비록 전자의 경영권 경쟁에선 밀렸어도 권현진은 보란듯이 계열사 재건에 성공했다. 권진 건설은 실적도 올랐고 동종 업계 순위에도 다시 입성했다.

“너 건강하게 잘 지내고 있잖아. 일도 취미도 행복하게 즐기면서, 그게 잘사는 거 아님 뭔데……!”

“내가 잘 지냈다?”

잘생긴 얼굴에 금이 갔다. 황당한 실소를 내뱉으며 그가 미간을 찌푸렸다.

“건강하게, 행복하게…… 내가 그렇게 살았다고?”

“나 오늘 하루종일 서 있었어. 너랑 말씨름할 기력도 없어. 제발 좀……!”

“내가 어떻게 살았는지 네가 봤어?”

권현진의 눈이 맹렬하게 번뜩였다. 한쪽 입가가 삐뚜름하게 올라갔다.

"못 봤잖아, 나희야. 너 나한테 관심도 없잖아. 근데 뭘 안다고 지껄여."

허무하게 읊조리는 권현진의 목소리에 나는 이제야 그의 진심을 알아챘다. 재회한 후에도 그는 아무렇지 않았던 게 아니다. 여태껏 감추려 했을 뿐, 나를 향한 원망이 상당했다.

"네가 다 망가뜨려놓고 갔는데…… 대체 뭘 어떻게 잘 지냈다는 거야."

"억지부리지 마."

"억지?"

"그렇게 헤어진 게 분하고 원망스럽나본데, 너보다 더 오래 고통받고 피해받은 사람은 나야."

돈도, 빽도 없던 내가 가진 건 가족뿐이었다. 잘난 권씨 집안 무서워서 한국에도 못 들어왔고, 내 가족도 못 보고 살아야 했다. 장장 12년이나 그랬다. 그리고 권현진의 관심이 내게서 멀어진 뒤에야 나는 내 삶을 살 수 있었다.

하지만 그가 내 인생에서 영영 사라지길 원했느냐고 누가 묻는다면, 사실 그렇지 않았다. 반강제였다 한들 내 발로 떠나놓고 무슨 심보인가 싶지만, 내 마음이 그랬다. 나는 저애를 좋아했으니까.

이별한 후에 권현진이 날 잊고 아무 일 없었다는 듯이 멀쩡히 살길 바라면서도, 한편으로는 나를 영영 놓아버리진 않길 바랐다. 철모르고 어렸던 그때의 우리를 미련하게 놓지 못하고 사는 나처럼.

그래서 화가 났다. 우리의 지난 일들이 고작 시간이 많이 지났단 이유로 기억조차 가물가물하다는 게. 우리가 이별하고, 혼자 흘러간 시간이 내겐 널 잊을 변명이 되지 못했는데…… 나만 아직도 우리의 빛바랜 그 시절에 머물러 있다는 게 슬프고 괴로웠다.

"내가 어떻게 망가졌는지 알려줄까."

버석한 미소를 걸친 권현진이 흘러내린 내 머리카락을 옆으로 넘겼다. 귀 뒤에서 옮겨간 손은 다정하게 내 뺨을 어루만졌다.

"나, 고자 됐어."

파격적인 내용과 달리 부드러운 눈웃음 때문에 단번에 이해가 안 됐다.

"뭐…… 뭐라고?"

"안 서더라고. 네가 나 버리고 간 이후로 말이야."

그럴 리가. 내가 아는 권현진은 그 기능만큼은 유별날 정도로 탁월했다. 그런데.

"여자도 못 만났고 결혼도 못했어. 이나희, 너 때문에."

권현진은 언제 신경질을 부렸냐는 듯 퍽 사근사근한 어투로 말했다.

"병신 새끼 누가 만나줘. 안 그래?"

당황스러웠다. 놀란 나는 얼빠진 채로 그가 하는 말을 들었다.

"근데 오랜만에 다시 너 보니까……"

근사한 눈매가 보기 좋게 접혔다.

"선다, 나희야."

아까부터 비릿한 눈웃음을 치고 있는 그에게선 술기운이라곤 조금도 느껴지지 않았다.

"네가 나 좀 고쳐줄래? 너도 어차피 그 목적으로 내 집에 왔을 텐데."

내 아랫입술을 엄지로 슬슬 매만지던 권현진이 이번엔 내 턱을 들어올렸다.

"합의하자, 우리."

그의 안에 도사린 노기와 복수심이 시퍼런 불꽃처럼 타올랐다.

권현진은 씻으러 가며 내게도 다른 욕실을 알려주었다. 청결한 습관은 여전했다.

정작 나는 욕실에 들어와서도 선뜻 옷을 벗지 못했다. 천장 샤워기에서 떨어지는 물만 멍하니 쳐다보았다.

우리가 이래도 되나. 설마 이별 후유증으로 권현진에게 그런 쪽의 문제가 생겼으리라고는 상상도 하지 못했다. 게다가 나랑 잔다고 그 문제가 해결되리란 보장도 없었다. 이미 헤어져 남남이 된 사이에 함께 밤을 보내는 게 과연 맞는 걸까. 사귀지 않는데도 잠자리를 갖는 사람들이 있다지만 태생이 미련한 나는 애초에 그런 것과 거리가 멀었다.

고민하던 그때, 욕실 문이 열렸다. 깜짝 놀라서 움츠리는데 상의만 벗은 권현진이 성큼 안으로 들어섰다.

"야, 너 튈 생각 하고 있었지."

벌어진 어깨와 완벽한 조화를 이루는 몸이었다. 상황에 맞지 않게 넋 놓고 바라보다가 뒤늦게 반응했다.

"그…… 그런 생각 안 했어. 빨리 나가."

"생각해보니까 따로 씻을 이유가 없겠더라고."

"권현진."

"내외하지 마, 나희야. 이미 볼 거 다 본 사이에 빼는 거 재미없다."

한걸음에 다가온 그가 못 참겠다는 듯이 내 입술을 삼켰다. 상쾌한 민트 향이 코끝을 스치고 내 입안을 점령했다. 다급했지만 옛 기억을 들추기엔 충분한 입맞춤이었다.

목울대를 움직이며 숨을 내뱉던 권현진이 그대로 날 안아서 세면대 위에 앉혔다. 사람을 인형처럼 들었다 놨다 해서 정신이 없었다. 한 뼘도 안 되는 거리에 그가 풀어진 눈으로 날 내려다봤다.

"이나희."

내리깔린 긴 속눈썹 아래 검은 동공이 망막에 그림을 그리듯 하염없이 나를 담았다.

"너 맞지."

"……"

"대답해."

그렇게 묻는 권현진의 눈이 슬퍼 보였다. 외로워 보였다.

"이나희. 안아줘……"

오래전 그 어느 날, 저애가 내게 했던 애원이 귓속에 들리는 것만 같았다. 대책 없이 추운 강바람을 맞았을 때 그랬던 것처럼, 이번에도 참을 수 없었다. 불시에 가슴을 푹 찔린 나는 그를 끌어안았다.

어떤 다짐도 소용없었다. 결국 나를 움직이는 것은 이번에도 권현진이었다.

상처로만 남은 첫사랑.

들추고 싶지 않은 기억.

그럼에도 잊히지 않은 지독한 저주.

나는 그의 목을 안고 입을 맞췄다. 부질없을 걸 알면서도, 오늘을 마지막으로 너를 놓겠다고 또다시 다짐하면서……

침대에 풀썩 눕혀진 나는 어둠뿐인 천장에 시선을 고정했다. 권현진은 한참이나 내게 봉사했다. 모든 게 집요하고 정성스러웠다. 이 건물에 아직 다른 사람이 입주하지 않았다는 사실이 그나마 다행이었다.

"잠, 잠깐만…… 피임을."

"싫어."

권현진이 무릎으로 선 채 내 위에 올라와 있었다. 어스름한 조명을 등진 그의 몸은 남성적인 아름다움의 극치였다.

"나는 아기, 원하거든."

예전에도 그가 저 정도로 컸던가?

"싫으면 네가 피임해. 먹지 말라고 해도 어차피 약 먹을 거잖아. 너는 내 애 가질 생각 추호도 없으니까."

골이 도드라진 근육은 내가 기억하는 것보다 훨씬 선명하게 다듬어져 있었다.

"전에 그랬던가, 임신하면 낳겠다고. 사람 농락하고, 희망고문하면서 뒤에선 약 먹었지."

너무 오랜만이었다. 그가 느리게 움직이는데도 버거웠다.

"재밌었어? 나 혼자 등신처럼 기대하고 설레는 거 지켜보면서 넌 재밌었냐고."

살랑대는 그의 머리카락에서 좋은 향기가 났다. 혹시 이게 꿈인가. 갑자기 눈물이 고였다. 울음 섞인 목소리에 권현진이 곧장 눈을 쳐들었다. 미간이 걱정스럽게 좁혀졌다.

"나희야, 아파?"

쓸데없이 다정한 말투에 귀가 녹을 것만 같다.

"지금도 아파? 이제 괜찮아?"

내 속을 꿰뚫어보듯 주시하던 권현진의 얼굴에 돌연 분노가 스쳤다.

"……잘 참네. 다신 나 보기 싫다면서."

근사하게 뻗은 눈매가 가늘어졌다.

"비위가 대단하다, 이나희. 옛날부터 그랬지. 날 좋아하진 않아도 나랑 하는 건 좋아했던가."

"옛날 일 기억 안 난다며…… 오래돼서 가물가물하다며!"

"어, 거의 잊었어. 그래도 네 덕분에 나도 많이 즐겼으니까. 참 고마웠다."

헤어질 때 내가 했던 말이다. 애틋해하면서도 나를 미워하는 권현진. 날 볼 때마다 회전문을 도는 것처럼 격한 감정이 번갈아 튀어나오는 모양이다.

"우리가 몸은 참 잘 맞아. 그래서 내가 너한테만 서나봐."

물고기가 물을 찾아가듯 그가 다급하게 내게 입을 맞췄다. 갈구하는 입맞춤이 끝난 뒤에는 오래된 습관처럼 나를 원망하며 노려봤다. 그러면서도 태연한 척 다음 만남을 기약했다.

"몇 번 더 보자."

그는 숨기려 했지만, 내게 확답을 받으려고 거듭 재촉하는 눈빛에서 간절함이 묻어났다.

"그냥…… 가끔이라도 좋으니까."

권현진도 나도, 우리는 각자의 모순된 감정에 미쳐 있었다. 하지만 시간을 되돌리지 않는 한 예전처럼 돌아갈 방법은 없다. 다 식은 커피는 처음 같은 맛이 아니듯이, 이미 한 번 끝난 연애가 예전처럼 타오를 리 만무하므로.

지난 12년의 기다림으로 나는 이미 잘 알고 있다. 가망 없는 일에 목매는 것만큼 비참하고 괴로운 일이 또 없다는 것을.

제13장

우연처럼 찾아온 행운

변명 아니었나 싶을 만큼 권현진은 지치지 않았다. 귀신 같은 체력도 여전했다. 나는 힘들어서 꼼짝도 못하는 동안 그애는 그렇게 밤을 지새우고도 주변 쓰레기를 정리하고, 씻고, 내 몸을 닦아줬다. 말과 달리 피임도 알아서 했다.

권현진이 걸친 홈웨어에서는 내가 좋아하던 섬유유연제 향기가 났다. 그는 예전과 크게 변하지 않았다. 나를 할퀴고 싶어하면서도 내가 상처 입을까봐 조심했다. 입은 거칠어도 행동은 여전히 다정했다.

그래서 나는 이 관계를 여기서 끝내고 싶었다. 그때 그 시절, 예쁘게 빛나던 우리의 모습은 망령이나 다름없었다. 거기에 눈이 멀어서 서로를 괴롭히는 짓은 그만하고 싶었다.

"자고 가."

권현진이 잠든 줄 알고 몸을 일으켰는데, 뒤에서 날 안고 있던 팔뚝에 힘이 들어갔다.

"자고 가라고, 이나희."

잠기운이라곤 찾아볼 수 없는 굳은 목소리였다. 눈은 감고 있으면서도 그나 나나 한순간도 잠들지 못했다.

"집에 가서 잘게. 출근 준비도 해야 해서……"

새벽이 밝아오고 있었다. 어두워서 검게만 보이던 창밖이 서서히 분간되기 시작했다.

선을 그어놓은 듯 선명한 하늘과 바다. 주홍빛으로 물든 일출 노을을 따라 반짝이는 윤슬. 거인의 예술품처럼 기이한 모양의 돌섬.

슬며시 고개를 든 나는 가늘게 뜬 눈을 비볐다. 낯설어야 할 전경이 어쩐지 익숙했다.

"여기 혹시…… 그 별장 있던 자리야?"

우리가 마지막을 함께 보냈던 권 회장의 별장, 해원정. 진짜 쓸모를 알고 꺼림칙했던 바로 그곳.

권현진은 대답하지 않았다. 역설적이게도 그 침묵이 내게 확신을 주었다.

"왜……"

그 별장 터에 들어온 게 헤븐리 호텔이란 걸 알고 나는 아연할 수밖에 없었다.

"일부러 여기에 지은 거야?"

권현진은 이번에도 침묵을 택하고 몸을 일으키려는 내 어깨를 더 힘주어 끌어안았다.

"이거 놔."

날 두르고 있는 팔뚝에 핏줄이 섰다. 몸을 가두고 있는 그를 힘으로 밀어내긴 어려웠다. 알면서도 나는 권현진을 떨치려 했다.

"잠시만 이대로 있어."

"차는 고발하든 말든 네가 하고 싶은 대로 해. 다신 보지 말자."

"어차피 몇 시간 안 남았잖아!"

버럭 소리친 권현진이 양팔로 날 끌어안았다. 내 등에 얼굴을 묻고서 신음하듯 속삭였다.

"그냥…… 잠시만 이대로 있어 달라고."

앓는 그를 매정하게 떼어내지 못했다. 나야말로 울고 싶었다. 지금 속이 문드러지는 사람이 누군데……

권현진이 먼저 몸을 일으키며 부드럽게 품에서 날 놓았다.

"나 옛날 일 다 잊었다."

가짜보다 더 가짜 같은 억지웃음을 두르고, 그가 말했다.

"이나희 네가 무슨 말 했었는지, 왜 떠났는지, 그런 거 다 지난 일이라고. 너 원망 안 해. 기억도 안 난다고, 이젠."

권현진의 연기는 정말이지 형편없었다.

"그러니까, 얼굴만 보자."

매달리는 저 목소리마저도 변함이 없는데, 바보처럼 본인만 모르고 있었다.

"정말 가끔이라도 괜찮으니까. 너 잘 지내는 거, 그거만 확인하게 해줘."

어이가 없는 변명에 화가 났다. 과거를 다 잊었다고?

"……그래서 나 안 찾았어?"

들추지 않으려고 했다. 미련이 남았어도 자존심은 지키자고 다짐했지만 소용없었다.

"옛날 일, 이미 다 지나간 일이니까. 우리 사귀었던 거 너는 다 잊었으니까, 그래서 12년 동안 한 번도 나한테 연락할 생각 안 했어?"

"이나희, 네가 잡아달라는 말만 했어도 우리 그때 그렇게 안 헤어졌어!"

"내가 뭐라고 말해야 했는데. 네 할아버지, 네 잘난 핏줄 버리고 날 선택하라고?"

"솔직하게 말할 수 있었잖아. 무슨 일이 있었는지 네 입장이 어땠는지 나한테……!"

"내가 어떻게 너한테 그렇게 말해? 대체 내가 어떻게……"

출국장을 걸어가면서도 나는 무의식적으론 우리의 이별을 믿지 않았다. 권현진과 내가 이렇게 끝날 리가 없다고 생각했다. 부유물처럼 망망대해를 떠돌아도 언젠가 우리는 만날 거라고, 태양이 지구를 원하듯 권현진의 인력으로 날 끌어당길 거라고 믿고 있었다.

그 모순이 우리의 현실이었다. 나 혼자만의 현실.

"12년간 나를 왜 안 찾았는지 대답 못하겠지? 내가 한번 말해볼까?"

차마 입을 열지 못하는 권현진을 대신해서, 나는 그가 꺼내지 못한 진심을 깠다.

"네 마음이 그냥 거기까지였던 거야. 다른 무슨 변명이 필요하겠어."

"나희야, 난……!"

"말해봐. 너 왜 연락 안 했는데?"

어릴 때부터 유럽을 제주도처럼 다니던 애였다. 나는 심지어 그보다 훨씬 가까운 곳에 있었다.

변명을 기다렸지만, 권현진은 결국 아무런 말도 하지 못했다. 그저 몹시 분한 듯 입술만 깨물었다. 나는 그가 테이블에 곱게 접어놓은 옷을 찾아 입었다.

어떤 말로도 설득되지 않는 이별이 있고, 설득조차 필요 없는 이별이 있다. 버려졌다는 비참함에 몸서리칠 때면, 종종 윤 부장의 말들이 떠올랐다. 난사람이라 그런가. 그가 했던 얘기가 전부 틀린 소리는 아니었다.

"권현진, 너한테 우리 연애는 그냥 청춘의 한때였던 거야."

이미 되돌릴 수 없는 그 시절, 찐하게 연애했던 첫사랑. 사느라 이름도 얼굴도 잊어버린 옛 기억 속의 그 여자애. 그애가 권현진에게는 바로 나인 것이다.

"내가 다시 눈앞에 나타나니까 너 그냥 조금 흔들린 거라고. 나랑 자는 것도 재밌다며. 회사, 일상, 그런 건 지겹잖아."

가끔 보자는 말의 속뜻을 모를 정도로 순수하진 않다. 나는 권현진과 그런 관계로 지낼 수 없었다.

"연애가 사람 참 비참하게 하더라. 한쪽이 식으면 남은 사람은 혼자 추하게 미련 떠는 거거든."

둘이서 예쁘게 빚었던 추억은 아무것도 되돌리지 못한다. 나는 인질처럼 그 추억에 붙잡혀 가슴에 총질만 당했다. 소낙비처럼 떨어지는 총알은 시시때때로, 부지불식간에 날아와서 피할 수도 없었다.

"이제 정말 그만하자, 현진아."

전부 부질없다는 걸 깨닫고 연애도 잊고 살았다. 두 번 다시는 누굴 만나고 싶다는 마음이 안 생겼다.

"우리 끝났어. 난 다 끝냈어."

마지막으로 가방과 차 키, 핸드폰을 챙겼다. 넋 놓고 있던 그가 나를 눈으로 좇았다.

"미술관 오늘 사표 낼 거니까 더이상 찾아오지 마. 진작 그럴 걸 그랬다."

침실을 나가기 전에 권현진을 돌아보고 싶었다. 보고 싶었지만, 애써 꾹 참고 문만 쳐다보면서 말했다.

"그래도 너 잘사는 거 보니까 좋더라. 그건 진심이야. 잘 살아줘서 고마워. 너도, 회사도 지금처럼 건승하길 바랄게."

침실 문을 닫고 거실로 나오자 소음 한 점 없는 실내에 내 발소리만 울렸다.

미술관을 그만두려면 어쨌든 출근부터 해야 했다. 시간을 확인하는데 닳아 있는 핸드폰 배터리와 수많은 부재중 전화를 보고 정신이 확 들었다.

찬희에게서 14통, 교통과에 근무하는 이동현의 전화가 2통, 그리고 창진이에게서 전화와 메시지가 와 있었다.

—언제 통화됨? 동현이가 도와줄 수 있대

내가 알아서 하겠다는 걸 기어코 말했구나, 김창진…… 찬희 귀까지 들어간 게 틀림없었다. 열받아서 쌓인 메시지를 읽었다. 주말에 동현이와 휴무를 맞춰보겠다, 제주에서 보자, 그런 내용이었다.

정신없이 걸어가던 그때, 몸이 확 젖혔다. 내 핸드폰이 권현진의 손에 들려 있었다.

"이 새끼랑 아직도 연락하네……"

액정 화면을 내려다보던 그가 별안간 거친 실소를 터뜨렸다.

"너 이럴 줄 알았다."

피할 길 없이 뻗쳐오는 시선이 맹렬하게 번뜩였다.

"친구라며. 김창진 이 씨발 새끼 그냥 친구라고 너 그때 그렇게 변명했잖아!"

"하."

어이가 없었다. 내 이름은 성도 가물가물하다더니.

"창진이가 김씨인 건 기억나니?"

"그래. 나 다 기억한다."

황당해서 머릿속이 하얗게 변했다. 머리끝까지 열기가 치솟아 헛웃음이 터졌다. 어쩌면 권현진의 저 분노는 우리의 이별 때문이 아니라, 나에게 먼저 버림받았다는 사실 때문인지도 모르겠다. 그 질투심, 소유욕……

"너 정말 달라진 게 없다. 예전이나 지금이나 똑같네."

"왜. 내가 그 새끼 기억하는 게 뭐가 놀라운데."

권현진이 신경질적으로 웃고는 내 핸드폰을 가볍게 던져버렸다. 언제까지고 닫혀 있을 것만 같던 입술이 수월하게 열렸다.

"전부 다 기억나."

부엌으로 걸어가며 그가 말했다.

"네가 나 희망 고문하면서 간 본 거, 우리 사귈 때 지껄인 거짓말, 나 버리면서 했던 개소리들."

바에 일렬로 늘어진 술병을 잡아서 뚜껑을 여는 손길이 거칠었다.

"하나도 안 잊었고, 병신같이 매일 되새기면서 살았어."

허무하게 웃으며 위스키를 따르던 그가 돌변하더니 잔을 벽에 던져버렸다.

"씨발, 널 어떻게 잊어! 네가 나 죽이고 갔는데!"

산산조각난 유리 파편들이 바닥에 어지럽게 흩어졌다.

"보여줘? 나 어떻게 사는지?"

권현진이 서랍을 확 열고는 통째로 꺼내어 뒤집었다. 크기가 전부 다른 약통 열댓 개가 우수수 쏟아졌다.

이곳이 한순간에 어지럽게 변한 게 다 거짓말 같았다. 굳어만 있던 나는 발치에 굴러온 약병 하나를 주웠다.

자낙스Xanax. 이름을 보고 심장이 내려앉았다. 아는 약이었다. 나머지 약들은 이름이 길고 복잡해서 나도 모르는 것들이었다.

"이게 나야, 이나희. 네가 버린 쓰레기."

상상도 못한 진실에 나는 혼이 쏙 빠져버렸다. 며칠 전 저 근사한 부엌에서 요리를 해주던 그 남자는 내 환상이었나. 뉴스에서 떠들던 성공한 재벌 4세는 없었다. 그림자 진 그의 이면은 앞서 봤던 모습과 완전히 달랐다.

"가라. 나도 지긋지긋하다, 너."

정신이 혼미해지려는 찰나, 눈이 번쩍 떠졌다. 권현진이 웬 약통을 그대로 입에 쏟아넣고 있었다. 그것도 모자라 위스키를 병째로 마셨다.

"권현진!"

나는 비명을 지르며 달려가 간신히 술부터 저지했다.

"미쳤어? 약을 술이랑 같이 먹으면 어떡해!"

굵은 목울대가 길게 넘어갔다. 이미 약을 삼킨 것 같았다.

"너 이러다 잘못되면 어쩌려고……!"

"뒤지게 그냥 내버려둬. 어차피 사는 거 엿 같으니까."

"술 이리 줘, 응?"

"내가 술하고 약을 같이 처먹든, 술에 약을 말아먹든 네가 무슨 상관인데."

"현진아, 진정하고……"

"버린 게 눈앞에서 망가지니까 신경쓰여? 죄책감 들고 그래?"

원망어린 눈으로 권현진이 세차게 나를 노려보았다.

"같잖은 위선 떨지 말고. 꺼져."

"현진아, 제발 좀!"

"이거 놔!"

나도 모르게 그를 안고 있었다. 두툼한 흉부가 크게 들썩였다.

"너 전화 어디 있어? 비서도 제주에 있어? 아님 서울 가셨어?"

"끝났는데 무슨 상관이야. 너 이제 나랑 볼 일도 없는 사람인데 무슨 상관이냐고!"

나를 떼어낼 것처럼 움직여서 허리를 안은 손에 더 힘을 주었다. 우리의 상체가 완전히 맞붙었다. 귀에서 거센 심장 박동 소리가 들렸다. 누구의 것인지는 알 수 없었다. 옷은 갖춰 입었지만 이 순간 우리는 날것이 되어 있었다.

"차라리 그때 날 버리지 말고 진짜 죽여버렸어야지!"

더 힘껏 그를 끌어안자 그게 오히려 도화선이 된 것처럼 권현진이 울분을 토해냈다.

"찾아가고 매달리고 싶은데 못하는 거, 볼 수 있는데 못 보는 거. 얼마나 죽고 싶은지 네가 알아?"

권현진이 내 어깨를 잡고 거칠게 몸을 떼어냈다.

"괴물 같은 짓 하지 말자고 하루에 몇 번이나 되새기면서……! 쫓아가고 싶은데 참는 거, 그거 얼마나 사람 미치게 하는지 이나희, 넌 모르면서……"

결국에는 그가 무너져내렸다. 내 목덜미에 벌게진 눈을 파묻곤 설움을 쏟았다.

내 어깨에 눈가를 비비며 우는 것도 여전했다. 나는 권현진을 안고 그 넓은 등을 쓸어주었다. 그가 젖은 눈을 들고 말했다.

"나희야. 너 기다리면서 사는 거, 나 이제 그만하고 싶다."

"우리 응급실부터 가자. 너 약 많이 먹었어."

"그냥 수면제야. 몇 개 처먹는다고 안 죽어."

"현진아."

"씨발, 뒤질 거면 진작 뒤졌겠지……"

힘없는 웃음소리가 머리 위에서 부서져내렸다.

"이나희. 보내줄 때 가라."

"나 안 가. 너 이렇게 두고는 절대 못 가."

"사람 지옥에 떠미는 짓 그만하고, 가. 더이상 나 기대하게 하지 말고…… 제발."

"내가 너 기대하게 할 수 있어?"

나는 떨리는 권현진의 손을 잡고 그의 가슴팍에서 고개를 들었다. 줄곧 나만 쳐다보고 있던 간절한 시선을 낚아챘다.

"권현진, 지금도 내가 너 설레게 만들 수 있어? 아직도……?"

대답 대신 남성적인 그의 목울대가 무겁게 떨어졌다 올라왔다. 내 어깨에서 미끄러진 손이 길 잃은 것처럼 허리 근처를 헤맸다.

"왜. 너 주차장에서 나 처음 봤을 때, 왜 다 잊은 척했어?"

"그럼 뭐 어떡할까."

"솔직하게 말할 수도 있었는데, 왜."

"왜 나 버리고 갔냐고 너한테 따져? 이렇게 미친놈처럼 화내고…… 네가 버리고 가서 병신됐으니까 책임지라고 하면, 너 만날 수 있어? 그러면 네가 나 봐줘? 첫 만남부터 우리가 헤어진 그날까지, 빠짐없이 전부 다 기억한다고 말하면. 그러면 너 내 얼굴 볼 수 있어?"

그래, 나도 솔직하지 못했던 주제에……

"이거 봐. 같잖은 죄책감으로 핑계 대면서 나 피할 거잖아, 이나희."

권현진이 강제로 내 고개를 들어 바닥으로 떨어진 시선을 붙들었다.

"내가 널 모르냐?"

그러곤 "좋아한 게 내 평생이다……" 하고 속삭이며 슬며시 내 허리를 안았다. 불편하게 상체를 수그리곤 내 고개 아래로 파고들었다.

"현진아, 나는 TV로 널 봤는데…… 건설도 재건했고, 넌 거기서 웃고 있고."

여전히 멋있고, 잘생겼고, 불시에 다정하고.

"넌 내 이름도 잊었는데 나만 과거에 얽매여서, 나만 불편한 줄 알고."

내게 꽂힌 그의 눈동자가 진위를 파악하듯 좌우로 움직였다.

"아무것도 정리되지 않은 상태에서 뭔가 시작하는 건…… 난 그건 좀."

거의 숨도 안 쉬고 내 얘기를 듣던 권현진이 석상처럼 딱딱하게 말했다.

"너 지금 개수작부리는 거지."

"수작 아닌데……"

"내 차 긁은 거? 그딴 걸로 뭘 할 생각 없어. 겁만 준 거야."

"그건, 그건 내가 갚을게. 잘못한 거 맞으니까."

금액이 크긴 해도 어쨌든 수리비는 당연히 내가 책임지려고 했다.

"근데 너 허리 통증 있다면서…… 아까 움직이는 거 보니까 트라이애슬론 나가도 되겠더라."

양심껏 대인배상은 취소하라고 했다.

"차 수리하고 견적서나 보여줘. 매달 갚을게. 그리고."

저애를 병원에 데려가는 게 급선무지만 그것보다는 얽힌 타래를 먼저 풀고 싶었다. 나도 마음을 표현하고 싶었다. 솔직하게.

"가끔 만나서 밥 먹고 커피 마시는 거."

"……"

"한번 해보자."

우리가 재회해서 옛날처럼 볼 수 있을지 자신은 없었다. 하지만 그가 간절하게 원했던 만남이다.

"네 말대로 위선, 죄책감 다 맞아. 그렇다고 호감이 없다면 그건 완전히 거짓말이고."

진심을 털어놓는 입술이 떨렸다. 내게 달라붙어 떨어질 줄 모르는 눈길 때문에.

"너 다시 보자마자 설레더라. 권현진."

"……"

"우리, 만나보자."

그는 한참이나 대답이 없었다. 말하는 외계인 보듯이 가만히 날 들여다보다가 불쑥 미간을 좁혔다.

"나한테 장난치는 거지."

"아니. 나 지금 되게 용기 내서 말한 건데."

"갖고 놀려고 그러지."

"내가 널 어떻게 갖고 놀아……"

"또 엿 먹이고 도망가려고."

"권현진, 진짜 그런 거 아니야."

한번 깨진 신뢰는 극복하기 어렵다. 과연 이 길이 순탄할지 모르겠지만, 나는 내 마음에 최선을 다하고 싶었다. 여태 숨기고 감추기만 했으니까.

"그렇게 떠나서 미안했어. 그땐 나도 어쩔 수가 없었어."

나는 권 회장이 너무 무서웠다. 더부살이하던 내 눈에 권 회장은 세상을 지배하는 무소불위의 권력자였다. 가족인 권 회장과 권현진 사이를 갈라놓고 싶지도 않았다.

윤종오는 내게 생각할 시간도 주지 않고 일사천리로 모든 걸 처리해버렸다. 그리고 나는 조승필의 손에 이끌려서 반강제로 한국을 떠나야만 했다.

"그때 너랑 헤어진 거, 완전히 내 의지는 아니었어."

당시 나에게 다른 선택지는 존재하지 않았다.

"이제 와서 하는 말이 너한테는 다 변명처럼 들릴지도 모르겠지만."

"말해. 듣고 있으니까."

권현진이 내 변명을 원한다. 그 사실은 내게 용기를 불어넣었다.

"네가 스무 살이었을 때…… 나도 고작 스물하나였어. 현진아."

엄마와 찬희는 내가 가진 전부였다. 나는 평생 그들을 위해서 살았다. 그런데 사랑하는 가족이 내가 지켜야 할 약점으로 전락했을 때, 골리앗 앞에 선 다윗처럼 나는 무력하기만 했다.

"너도 어렸지만…… 나도 어렸잖아."

"나희야."

그가 쓰러지듯 날 끌어안았다. 더는 설명하지 않아도 된다고, 나를 이해한다고 온몸으로 말했다.

권현진이 스물한 살의 나를 안쓰러워하고 있었다.

지금은 우리가 서로를 가엾게 여기고, 미안해하는 것만으로 충분했다.

✿

권현진을 데리고 응급실에 갔다. 예상과 달리 그는 고집부리지 않고 얌전히 위를 세척했다.

"멀쩡하다면서 입원은 또 왜 하래."

"그냥 좀 시키는 대로 해, 응? 의사 선생님이 괜히 권하진 않을 거 아냐. 내가 같이 있을게, 현진아. 내일 연차 쓰면 돼."

짜증부리는 권현진을 간신히 달랬다. 주말에는 아직 한 번도 쓴 적 없는 연차였다. 권현진은 한차례 통화를 하고 오더니 당일 입원했다.

차라리 잘됐다 싶었다. 나는 그에게 하고 싶은 이야기가 많았다.

"맨 처음에는 하와이로 갔어. 거기서 학교를 한 달인가 다녔는데 윤 부장이 갑자기 나더러 다른 나라로 가라고 하더라."

어렵게 서류를 준비해서 입학한 학교였다. 그런 그곳을 등지고 떠나면서도 나는 등신 천치처럼 기뻐했다. 권현진이 날 찾았다고 해서.

"그러면 안 되는데, 착잡하면서도 기뻤어. 네가 날 찾아냈다는 사실이 놀랍고 기쁘고…… 그렇더라."

나도 참 철이 없었다. 어쩌면 우리는 금방 다시 만나게 될지도 몰라. 쫓기듯 하와이를 떠나면서도 그런 희망을 품었다. 재회를 기대했다. 대부분의 헤어진 연인이 입으론 끝이라고 말하면서도 미련을 남기듯이.

그런데 그게 마지막이었다. 이후로 호주에서 학교를 다 마칠 때까지 6년간 윤 부장에게선 다른 연락이 없었다. 권현진이 날 찾지 않았다는 뜻이다.

오겠지, 거리는 더 가까워졌는데. 조금 늦더라도 나한테 오겠지…… 하와이를 떠나며 불씨처럼 퍼진 희망은 쉽게 수그러들지 않았다.

어느새 기다림으로 변모한 시간이 6년이었다. 겨우 학사를 마쳤기에 석사까지는 꿈도 꾸지 않았다. 계획에 없던 런던행은 교수님의 권유도 있었지만, 전적으로 내 선택이었다. 내가 원한 건 학위나 학교의 명성이 아니었다.

"런던에 있으면 너랑 마주칠 수 있을지도 모른다고 생각했어. 우연히라도."

나는 오직 그 기회를 잡고 싶었다. 기반이 생긴 호주에서의 생활을 다 정리하고 무작정 떠난 영국에서 또 6년을 보냈다.

"근데…… 기다려도 너 안 오더라."

헤어지고, 헤어지지 않았다고 믿고. 그리워하고, 그립지 않다고 되뇌면서. 완전히 떠났다고, 하지만 언젠가 돌아올 거라고 미친 사람처럼 하루에도 수십 번씩 마음을 번복하는 게 이별이었다. 진짜 이별.

기대하고, 실망하고, 나를 자책하고, 너를 원망하고…… 그 미련한 짓을 오래도 했다. 가슴이 다 닳아서 지쳐 포기할 수밖에 없었던 게 너였다.

이별은 결심한다고 되는 게 아니라 체념하고 받아들일 수밖에 없는 것이었다. 그렇게 너덜한 희망의 종지부를 찍고서야 나는 한국에 돌아올 용기를 냈다.

"너도 힘든 줄 몰랐어, 현진아."

권현진의 이야기도 듣고 싶은데 그애는 도통 입을 열지 않았다. 나를 놓칠까봐 손은 놓지도 않으면서 입은 고집스레 다물고만 있었다.

그렇게나 괴로웠다면서 대체 왜 나를 안 찾아왔을까. 연락은 왜 없었고. 나를 볼 수 있는데 못 봤다는 말도 앞뒤가 안 맞았다.

지난 과거를 캐묻는 대신 나는 주제를 돌렸다.

"근데 웃긴 게 뭔지 알아?"

권현진을 버리고, 첫사랑에게서 도망친 나의 첫 도착지는 하와이였다. 지상낙원이라 불리는 그곳.

"그런데 거기에 너 있더라."

HNL 공항의 문이 열리고 첫발을 떼기 무섭게 바람에 네가 실려왔다. 특유의 섬유유연제 향기가. 곁에 있을 때는 몰랐던 그 향기의 정체는 얄궂게도 권현진을 떠난 뒤에 알 수 있었다.

"내가 좋아했던 네 냄새. 그거 플루메리아였어."

시선을 빼앗는 외모와 사람을 홀리는 향기를 가진 꽃.

"너랑 닮았더라."

플루메리아. 그 사랑의 꽃은 이파리도 없이 황량한 나무에서 풍성하고 화려하게 피어난다. 나는 플루메리아를 볼 때마다 그가 웃던 얼굴이 생각났다. 이제는 날 잊은 거냐고 원망하고 싶은데, 예쁜 건 미워하기도 쉽지 않았다.

"그거 흔한 건데."

"응. 나도 어떻게 생겼는지는 알았는데 화면으로만 봐서 플루메리아에서 그런 향기가 나는 줄은 몰랐어."

아마 자기에겐 익숙한 향기라 권현진도 그 섬유유연제를 선택했던 것 같다. 하와이, 호주, 영국, 머물렀던 모든 곳에 그 꽃이 있었으니까.

가는 곳마다 그 꽃이 보여 괴로웠는데, 나중에 깨달았다. 사실은 내가 그 향기를 쫓고 있었다는 걸. 네가 아직도 내 마음에 있어서 자꾸만 보이는 거였어. 정말로 널 잊었다면 눈에 밟히지도 않았을 텐데.

"넌 환자복 입은 것도 멋있다, 권현진."

손을 꼭 잡은 채로 침대에 상체를 기댔다. 지척에 있는 그가 희미하게 웃었다.

"나희야, 나…… 지금 꿈꾸는 것 같다."

내 손등을 부드럽게 쓰다듬는 그의 엄지손가락이 애틋했다.

"권현진."

"어."

"이제 술 안 마셨으면 좋겠어. 너 건설회사 다니는 건 아는데…… 아예 마시지 말라는 게 아니야."

그쪽 업계가 얼마나 접대를 많이 하는지 나도 안다.

"가능하면 좀 줄이라는 거지."

술잔을 거절하는 게 불가능한 위치도 아니었다. 비서도 최근에는 자제했었다고 했고.

"너 있으면."

"응?"

"네가 같이 있어주면."

"그럼 술 줄인다고?"

"어."

앙큼한 단서를 붙인 권현진이 귀여웠다. 우리가 사귀었을 때도 그는 내 말을 잘 듣는 편이었다. 자주 싸우기도 했지만 그건 권현진이 창진이나 내 친구 관계를 질투할 때뿐이었다.

서로 가만히 안고서 이런저런 옛날얘기를 하는데, 그가 갑자기 일어섰다.

"어디 가?"

뭐하나 했는데 확 겹쳐오는 얼굴에서 화한 민트 향이 번졌다.

"키스한다."

"……너 또 양치질하고 왔어?"

"어."

투명한 권현진. 정말 여전했다. 저런 속 보이는 짓까지 귀여워 보이는 걸 보면 나도 큰일이다.

"잠깐만, 현진아. 잠깐만."

"왜."

입술을 겹쳐오는 몸을 한사코 밀어내자 다정하던 시선에 날이 섰다.

"나 병원 데려오려고 거짓말했냐? 내일 되면 쌩까려고?"

"그런 게 아니라."

"네 특기잖아, 이나희. 사람 먼저 찔러놓고 발 빼는 거."

"진짜 말 그렇게 할래?"

"그럼 아니라고 해."

세차게 서로를 노려보다가 권현진이 다시 날 끌어당겼다. 자연스럽게 고개를 트는 그의 입술을 손으로 막았다.

"우리 다시 만난 지 얼마 되지도 않았는데 벌써 입을 맞춘다는 게 좀."

"웃기는 소리 한다. 너 어제 나랑 밤새 뭐했는데."

그가 내 손을 툭 떼어내며 따지듯 말했다.

"그건…… 그건 특수한 경우였고, 그리고 여기 병원이야."

"누가 다른 거 한다고 했냐?"

1인실이라 다들 노크하고 들어오긴 했지만 신경이 쓰였다.

"키스만 한다고. 다른 건 못해, 나도."

코앞까지 다가온 긴 속눈썹이 파르르 떨렸다. 눈을 감으며 그가 속삭였다.

"떨려서……"

촉촉한 입술이 맞닿았다. 애들처럼 꾹 입술만 누르고 있다가 부드럽게 내 아랫입술을 머금었다. 첫 키스 때처럼 수줍은 몸짓이었다.

시간이 흘러서 닳고 닳은 내 심장이 이렇게나 뛴다는 게 믿기지 않았다. 지금 너도 나와 똑같은 기분일까, 권현진. 굳이 물어보지 않아도 알 수 있었다. 귀와 목까지 벌게진 저 얼굴이 바로 증거였으니까.

나와 함께 첫사랑을 앓던 그때 그 소년이다.

"우리 내일 봄꽃 구경하러 가자."

우리는 평범한 다른 연인들처럼 유채꽃을 보고 놀다가 근처의 예쁘기로 유명한 카페에 갔다. 나는 시그니처 메뉴라는 아인슈페너, 권현진은 아메리카노를 시켰다.

현무암 돌담과 귤나무가 바로 보이는 통창 앞에 앉은 권현진은 그림 같았다.

"현진아, 내 거 엄청 맛있어. 빨리 먹어봐."

커피 위에 잔뜩 올라간 크림은 달콤하고 찐득했다. 강한 권유에 살짝 내 커피를 마셔보던 권현진은 대번에 눈썹을 찡그렸다.

"너무 달다."

"너 단거 좋아했잖아."

"안 좋아했어. 네가 좋아했지."

"뭐?"

배신감이 들었다. 나는 여태 권현진이 나만큼이나 단걸 좋아한다고 생각했는데.

"뭐야, 단거 잘 먹었잖아. 어릴 때부터."

"네가 준 거니까 먹었고."

상이한 기억이 억울하지만 확인할 방법은 없었다. 생각해보니 내가 권하지 않으면 권현진은 딱히 먼저 불량식품을 찾아 먹진 않았던 것 같다. 단걸 안 좋아한다는 게 진심인지 그의 차에는 흔한 껌이나 사탕조차 없었다.

“네 차, 수리비가 진짜 그 가격이야?”

“어. 센터에 보냈는데.”

핸들을 돌리면서 권현진이 씩 웃었다.

“갚는다며.”

“응, 진짜 갚을 거야. 돈 보낼게.”

“어. 매달 5만 원씩 보내.”

장난하나? 달에 5만 원이면 10년을 갚아도 600만 원이다. 100년을 갚아야 겨우 수리비에 근접할 금액이었다. 그것도 이자가 안 붙는다는 가정하에.

“5만 원 보내서 언제 그걸 다 갚아.”

“평생.”

오른손으로 내 손을 꽉 붙잡으며 권현진이 재차 강조했다.

“내 옆에서 평생 갚아.”

신호가 멈출 때마다 그는 내 뺨에 뽀뽀했다. 손을 끌어다가 제 허벅지에 놓고 쓰다듬고, 손등에 뽀뽀하기를 쉬지 않았다. 해안가 도로를 달릴 때는 거의 최고조였다. 눈치 없이 전화가 계속 와서 권현진은 아예 핸드폰을 꺼버렸다. 제주에 계속 있을 거라더니 아무래도 출근해야 하는 눈치였다.

“블루투스 내 거 연결해도 돼?”

“어.”

리스라도 일주일 이상 탄 차량이었다. 그런데 차량 블루투스 목록에 권현진의 핸드폰 말고는 없었다. 그에게 여자가 나밖에 없다는 사실을 확인받은 듯해서 기분이 좋았다.

나를 집에 데려다주는 길에 우리는 유행가를 들으며 천천히 한라봉 공원길을 달렸다. 바닥에는 연분홍색 벚꽃이 가득 떨어져 비현실적인 풍경을 자랑했다. 배경도 배경이지만 옆에 있는 그 때문에 하늘을 나는 것처럼 몽롱했다.

“나희야, 내일 밤에 만날 수 있지.”

“밤늦게……? 얼마나 늦는데?”

“서울 다녀오려고.”

그럼 아무리 빨라도 아홉시 이후였다. 아쉽지만 내 오피스텔 앞에서 자잘한 입맞춤을 나누고, 우리는 차 안에서 다음 만남을 기약했다.

환상 같은 데이트를 마무리하려던 그때였다. 블루투스로 연결된 차량에 전화벨이 울렸다. 액정 디스플레이에 ‘이동현’이라는 이름이 뜬 동시에 우리를 감싸고 있던 부드러운 분위기가 단번에 깨졌다. 서둘러 거절 버튼을 눌렀지만, 화면에 박힌 그의 시선은 거둬질 줄 몰랐다.

"누구야?"

곧장 내게 꽂힌 눈빛이 화살촉처럼 날카로웠다.

"나희야, 이동현이 누구야?"

"창진이 후배."

"그럼 이 새끼도 경찰이네."

권현진이 나직한 욕설을 내뱉었다. 당황한 나는 눈만 깜빡였다. 살얼음판처럼 달라진 분위기를 떠나서 내가 말한 적 없는 일을 그가 알고 있는 게 놀라웠다.

"너 어떻게 알았어? 창진이 경찰로 일하는 거."

"그게 중요하냐?"

신경질적으로 쏘아붙인 권현진이 고개를 젖히고 미간을 주물렀다.

"……미안하다."

그는 나를 출입구 앞에 내려주고는 다시 차에 올라탔다.

"들어가라. 내일 올게."

아무렇지 않은 척하는데도 표정이 얼마나 굳었는지, 차마 입이 쉽게 떨어지지 않았다. 질투심을 조금도 숨길 줄 모르는 건 예나 지금이나 똑같았다.

"하여튼 성질은."

그의 차가 입구로 나가는 걸 지켜보다가 몸을 돌렸다.

아니, 잠깐만. 내가 언제 오피스텔 주소를 권현진에게 알려줬던가? 여기에 산다고 말했었나……?

엘리베이터를 기다리고 있는데, 그 순간 밖에서 끼이익 소리가 났다. 뭐지 싶어 내다보자, 멀쩡히 떠났던 권현진의 차가 되돌아오고 있었다. 그는 제 차를 거의 처박듯이 주차해 놓고는 부서져라 차 문을 닫았다.

"씨, 나 안 가."

그가 잔뜩 뿔난 얼굴로 달려와서는 엘리베이터 버튼을 신경질적으로 두드렸다.

"이거 왜 이렇게 안 내려와?"

"좀 느려. 두 대밖에 없어서……"

차라도 한잔 내주고 보내야겠다. 당황한 나는 어쩔 수 없이 그를 집에 들였다. 문을 열자마자 현관에 있던 강아지가 왈왈거리며 뛰어올랐다.

"두부야, 오구구. 두부 잘 있었어?"

낑낑거리는 강아지부터 챙기는데 권현진이 한없이 불만스러운 얼굴로 눈짓했다.

"저건 또 뭐야."

"선임네 강아지. 서울 다녀오신대서 내일까지만 맡아주기로 했어."

지수씨의 강아지는 자율 배식이 가능하고 용변도 잘 가리는 똑똑이였다. 서둘러 배변 패드를 갈아주는 사이 권현진은 내 집을 쭉 둘러보았다.

"내부가 이렇게 생겼네……"

그는 겉옷을 벗고, 씻고, 아기 새가 둥지 찾아가듯 내 침대 위로 올라갔다. 어찌나 자연스러운지 내가 다 당황스러웠다.

"왜. 뭐."

"너…… 우리집에서 자고 가려고?"

"어."

이미 내 베개까지 차지하고 누워서 불만스럽게 두부를 고갯짓했다.

"쟤도 여기 사는데 나는 왜 안 돼."

"두부는 이틀만 있는 거야."

"그럼 나도 이틀만 있을게."

당당한 대답에 말문이 막혔다. 내 품에 안겨 있던 두부마저 황당해하는 눈치였다.

"아니, 너 출근은 어쩌고."

그대로 눈을 감은 권현진이 입술만 움직였다.

"안 한다고 했어."

"임원이 그래도 돼?"

"임원은 쉬지도 못하냐? 나 계속 주말 출근했다."

이게 지금 맞는 건가. 분명히 내가 휘둘리는 것 같은데도 딱히 내쫓아야겠다는 생각이 안 들었다. 게다가 두부도 처음 만난 권현진이 마음에 드는지 괜히 그애 발치에서 찝쩍거렸다.

"야, 저리 가. 나 너 싫어해."

"두부한테 왜 그래. 약한 강아지한테 그러지 마."

내가 지적하자 권현진은 손바닥 뒤집듯 태세를 바꿨다. '좀 귀엽게 생기긴 했네' 하면서 두부를 쓰다듬었다.

화장을 지우고, 옷을 갈아입는 동안 그는 내 집에서 내쫓길까봐 얌전히 숨죽이고 있었다.

"이나희."

로션을 바르는데 옆에서 권현진이 대뜸 말을 걸었다.

"너 화장 안 하니까 고딩 같다."

어느새 두부는 그의 품에 안겨 있었다. 화장대 옆에서 둘이 신기한 듯 내 얼굴을 들여다보았다. 부끄러웠던 나는 괜히 퉁명스레 대꾸했다.

"그거, 화장하면 늙어 보인단 말이지?"

"아…… 씨. 진짜."

당황한 권현진이 파르르 떨었다. 그게 또 귀여워서 나도 모르게 웃음이 터졌다.

"그런 뜻 아닌 거 알면서 꼭 장난치냐?"

"아닌 게 아닌 거 같은데……"

"그런 말 아니야. 진짜 아니라고."

"알았어, 알았어. 장난인 거 나도 알아, 현진아."

이럴 때는 확실히 연하 같았다. 애가 저렇게 토라지면 나도 그만 멈춰야 하는데, 권현진의 반응이 귀여워서 계속 장난을 걸게 된다.

"근데 너무 진지하게 아니라고 하니까 좀 의심된다. 원래 강한 부정은 강한 긍정……"

"야."

권현진이 두부를 내려놓으며 어이가 없다는 듯이 픽 웃었다.

"이게 진짜 사람 억울하게 하네. 너 여전히 예뻐. 엄청 예쁘고, 귀엽고, 깜찍하고…… 나이가 들었건 말건 넌 그냥 너야, 이나희."

나한테도 그랬다. 본부장, 이사님, 여러 호칭을 갖고 있어도 권현진은 여전히 내게 스무 살의 권현진이었다.

나이가 들면 달라질 거라는 그때의 예상은 보기 좋게 틀리고 말았다.

"그러니까 내가 집에도 못 가고 여기서 등신짓 하잖아. 네가 존나 예쁘니까."

"말 좀 곱게 해."

"너무 아름다우시다고요."

씩 웃으며 내게 끈덕지게 달라붙은 권현진이 쪽, 쪽, 볼에다가 입을 맞췄다.

한층 짙어진 눈동자가 아득하게 나를 응시했다. 그는 지금의 날 보면서, 동시에 과거의 나를 떠올리고 있었다. 한국에서 도망친 스물한 살의 나를.

"김창진 경찰인 거 어떻게 알았냐고 물었지."

"응."

"처음에는 네가 임신해서 떠난 줄 알았어. 내 애 낳으려고."

권씨 일가의 내연녀 중에는 그런 사람들도 있긴 했다. 내가 아는 권영무와 권 회장의 혼외자만 다섯이 넘는다. 실제로는 더 많을 것이다.

"근데 아니더라. 사진 보니까 애가 없더라고."

"사진?"

"어. 너 사진 받았어. 자주는 아니고…… 이런 얘기 싫어?"

고개 아래로 파고든 권현진이 부드럽게 속삭였다.

"듣기 불편하면 말하지 말까?"

"아니, 해봐."

"네가 날 만나길 꺼린다고 들었어. 내가 거주지 파악할 때마다 너 다른 곳으로 이사 다니게 될 거라고."

몇 달 잘 지냈던 하와이에서 야반도주하듯 떠났던 그날이 떠올랐다.

"나 때문에 너 힘들어하니까, 안 찾는 게 맞겠구나. 머리는…… 머리로는 알겠는데."

발치에서 안아달라 낑낑거리는 두부를 보며 권현진이 허무하게 웃었다.

"근데 그게 잘 안 되더라."

씁쓸하게 옛이야기를 끝낸 그가 별안간 눈을 치떴다.

"이제 네 차례."

"응?"

"나희야. 그 새끼랑 만났어?"

"누구……"

"누구 말하는지 알잖아."

이게 본론이었다. 대번에 말허리를 자르더니 권현진이 입을 다물었다. 주저하듯 날 쳐다보다가 짧은 침묵을 깨고 물었다.

"잤어?"

"자긴 뭘 자! 그냥 엄마 식당에서 다 같이 만둣국 한 그릇 먹었어. 그게 전부야."

소개받은 건 사실이지만, 나와 이동현은 단둘이 만난 적도 없었다.

"그게 더 기분 나쁘네."

눈썹을 구긴 권현진이 마른세수를 했다.

"김창진은."

"창진이는 진짜 친구지."

"이동현은 그럼 가짜 친구고?"

질투라는 감정이 사람으로 태어나도 권현진에게는 진저리를 칠 것 같다.

"너 진짜 유치하다."

"어. 나 유치해. 세상에서 제일 유치한 새끼니까 빨리 대답이나 해."

"창진이가 밥이나 먹자고 해서 모르고 만난 거야. 그 사람 나보다 네 살이나 어려. 친구도 뭣도 아니라고."

하지만 내 설명은 권현진의 질투심만 더 돋웠다. 세차게 날 노려보던 그가 팩 고개를 돌리곤 내 침대로 향했다. 쫓아온 두부를 비행기 태우듯이 안아 들고는 두부에게 말을 걸기 시작했다.

"두부, 넌 몇 살이냐?"

"두부 두 살이야."

대답은 내가 했는데 권현진은 날 쳐다도 안 보고 두부하고만 대화했다.

"두부는 어려서 좋겠다. 저 누나 연하남 좋아하거든."

"그만해라, 권현진."

"너 잘생겼다고 꼬셔도 절대 저 누나한테 마음 다 주면 안 된다. 두부, 알겠어?"

"따로 안 만났다고 했지. 그냥 귀여운 동생처럼 봤어."

"야, 들었지. 저 누나는 너보다 어린 개새끼를 보면 개를 더 귀여워할 사람이야. 조심해라, 두부."

정말 사람을 열받게 하는 방법도 가지가지다. 얼굴도 모르는 사람을 질투하면서 고작 하는 짓이라곤 내 침대를 차지하고 애꿎은 두부만 괴롭히는 것이었다. 저게 귀여워 보인다면 나도 중증이겠지.

"두부 잘 시간이야. 이리 줘."

두부는 자기 잠자리에 두지 않으면 계속 침대에서 자려고 문을 긁는 버릇이 있다.

"싫은데. 내가 데리고 잘 거야."

"너 강아지 싫어한다며……"

"두부만 너랑 자는 건 더 싫어."

정말 어이가 없었다. 그런데 두부도 권현진이 좋은지 얌전히 안겨서 나를 올려다보았다.

"그래. 둘이 침대에서 자."

나는 주방 겸 거실의 소파에 누웠다. 의미 없이 틀어놓은 TV는 얼마 지나지 않아서 껐다. 심적으로 피곤했는지 금방 눈이 감겼다. 잠들락 말락 하던 그때였다.

어둠 속에서 방문이 열렸다 닫혔다. 권현진이 못된 고양이처럼 몰래 다가왔다. 얇은 담요 하나 두른 나를 그대로 안아

들더니 소파에 같이 누웠다.

날 뒤덮은 그의 체온과 열기가 등뒤에서 고스란히 느껴졌다. 긴장되어서 저절로 마른침을 삼켰다.

"아니…… 옷은 왜 다 벗고 있어?"

"불편해서 벗었다. 왜."

권현진은 드로어즈 딱 하나만 입고 있었다. 담요 너머 딱딱한 몸이 그대로 느껴져 엄한 상상이 들기 시작했다.

"만둣국, 나도 먹을 줄 알아."

한참 침묵 속에 있던 권현진이 나를 꽉 끌어안은 채 속삭였다.

"어머니 식당에 한번 갈까?"

나는 번쩍 눈을 떴다. 거짓말처럼 열기가 한번에 식었다. 당황스러워서 그에게 할말을 골랐다.

"확장 이전하신 건 아는데 직접 못 가봤거든. 나 별로 안 좋아하실 것 같아서 마음만 전했는데……"

화환과 과일 바구니를 보낸 게 권현진이었구나. 어쩐지, 아빠가 그렇게 거한 축하 선물을 보낼 리가 없었다.

"우리 같이 가서 뵐까? 아직 날 불편해하시려나……?"

엄마는 권현진을 싫어한다. 정확히는 권씨 일가 전부를 끔찍하게 여겼다.

이럴 땐 대체 뭐라고 해야 할까. 머릿속이 어지러웠다. 나는 입을 다물고, 대신 몸을 움직였다.

"잠깐만, 나희야. 가만있어. 하지 마, 그만…… 나희야."

그가 괴로운 듯이 빌었다. 저런 목소리로 내 귀에다 애원하면 더 괴롭히고 싶다는 걸 권현진은 정말 모르나?

"제발, 나희야……"

"싫어. 내 마음이야."

이건 뭐, 하지 말라는 건지 제발 더 해달라는 건지. 애써 참는 목소리가 더 야했다.

"아…… 안 돼. 그거 없어."

"차에도 없어?"

"어."

아쉽다. 머리는 푸시식 식었는데 달아오른 몸은 쉬이 가라앉지 않았다.

"하고 싶어?"

"……응."

"얼마나."

권현진은 애초에 대답을 들을 생각이 없었다. 직접 확인하겠다는 듯이 곧장 담요 안으로 손을 넣었다. 나는 본능적으로 다리를 오므렸다. 그의 팔뚝을 허벅지로 붙잡고 있는 꼴이었다.

"왜. 기분 좋게 해줄게."

놀리는 말투에 귀가 뜨거워졌다. 아마 지금의 나는 그가 뭘 하자고 해도 따랐을 것이다. 다행히 권현진은 나보단 이성이 남아 있었었다. 피임 도구 없이 하자고 조르는 대신, 다른 길을 택했다.

"너 미치게 해줄게."

권현진은 히죽거리면서 다정한 척 나를 농락했다. 얼굴은 천사인데, 속은 진정 악마 같았다.

휴관일에도 우리는 하루종일 붙어 있었다. 두부를 산책시키고, 지수씨 집에 데려다주고 돌아오는 길에 물회도 같이 먹었다.

권현진에게는 전화가 자주 걸려왔다. 급한 업무는 핸드폰으로 확인하는 것 같은데 밖에서 통화하고 들어오길 여러 번이었다.

대체 언제 레지던스에 돌아가는지 두고 보자 했는데, 내가 출근하는 아침이 되어서 본색을 드러냈다.

"집 비밀번호 알려줘."

당연한 듯 요구하는 권현진 때문에 어이가 없었다. 비록 우리가 이렇게 됐지만, 그래도 황당했다. 내가 너무 물렀지. 첫날 야멸차게 내쫓았어야 했는데.

"권현진, 너무 앞서가지 마. 우리 아직 사귀기로 한 것도 아니잖아."

"이게 사귀는 거 아님 대체 뭔데. 나랑 뭐 M&A 하냐?"

도리어 황당하다는 듯 그가 웃으며 비꼬았다.

"결혼하고, 애 낳고. 그러고 나랑 사귀게? 관짝 들어가기 전에?"

"아니, 내가 밥 먹고 커피 마시는 것부터 하자고 했지, 누가 집부터 드나들자고 했어?"

"와, 이나희. 나랑 재미 다 보고는 이제 와서 우리가 사귀는 게 아니라고?"

배신이라도 당한 것처럼 권현진은 절레절레 고개를 저었다.

"그래, 뭐 네 마음대로 하세요. 마음대로. 다 맞춰드리기로 했으니까."

"이렇게 빨리 진도를 나가려던 건 아니었는데, 내가 좀 경솔했던 것 같아."

"아, 경솔하셨어요?"

"우리 못 본 사이에 서로 달라진 부분들도 있잖아. 앞으론 차차 알아가는 단계라고 생각하고 천천히……"

"06745324# 맞지."

순간 눈이 확 떠졌다. 오피스텔 비밀번호는 나조차도 제대로 외우지 못했다.

"어…… 어떻게 알았어?"

"지문으로 바꿔. 두부 말고 다른 개새끼 들이기 싫으면."

나는 입주 당시 관리실에서 받은 출입 카드를 사용한다. 권현진 앞에서 한번도 비밀번호를 치고 들어온 적이 없었다. 드라이기로 내 머리카락을 말려주던 그가 태연하게 말했다.

"네 짐작보다 할 수 있는 짓이 많아, 내가."

"남의 집 비밀번호를 막…… 권현진, 너 진짜 이러면 안 돼. 이러는 거 범죄야."

"나 죄책감 같은 거 없어, 나희야. 이렇게 된 지 오래됐어."

얼어붙은 나를 화장대 거울로 지켜보던 권현진이 픽 웃

었다.

"왜, 너무 미친놈 같아?"

차마 그렇다고 대답할 수가 없었다. 그는 굳은 내 어깨를 주무르며 머리카락을 쓱쓱 매만졌다.

"그동안 네가 아무런 의심이 없었던 건 아니고?"

"……"

"장난이야, 이나희. 표정 좀 풀어."

"괜히 말했네" 하고 읊조리며 그가 눈썹을 구겼다.

"범죄 아니라고. 나 이 집에 한번도 안 들어왔다. 그럴 생각도 전혀 없었어."

억울하다는 듯이 뒤늦게 항변했지만, 내 머릿속엔 하나도 들어오지 않았다.

나도 제대로 외우지 못한 우리집 비밀번호까지 그가 알고 있다는 사실은 충격이었다. 내 집에서 쉬겠다는 권현진을 뒤로한 채 출근을 하면서도 얼떨떨했다. 그는 몰래 내 사진을 받았고, 모르는 곳에서 날 지켜보고 있었다. 비정상적인 이 관계가 맞나 싶었다.

내가 그동안 아무런 의심도 없었던 거라고……? 거기까지 생각이 미치자 문득 머릿속에 전구가 켜졌다. 확인하고 싶은 게 생겼다.

"뭐하세요, 엘리베이터 잡아놓고. 안 타세요?"

"죄송합니다. 집에 뭘 놓고 와서요."

엘리베이터 문이 의미 없이 열렸다가 닫혔다. 나는 급히 오피스텔로 돌아갔다. 문을 열자마자 권현진과 곧바로 다시 마주쳤다. 현관에 있던 그가 몸을 일으켰다.

"나희야, 왜 다시 왔어?"

"권현진."

"어?"

그 귀한 몸으로 팔까지 걷어붙이고 우리집 재활용 쓰레기를 정리하고 있었다. 저 바보, 멍청이 같은 게……

"나 너한테 물어보고 싶은 게 하나 있는데. 내가 몇 년 동안 정말 이해가 안 되는 게 한 가지 있었거든? 이건 제발 솔직하게 말해줬으면 좋겠어."

심각한 내 표정 때문에 권현진도 덩달아 진지해졌다.

"나 골드스미스에서 장학금 받은 거. 그거…… 혹시 너야?"

나는 비싼 예대의 석사 학비를 댈 돈이 없었다. 당연했다. 약속받은 윤종오의 도움으로 학사도 겨우 졸업했다. 대학원은 언감생심 꿈도 꾸지 않았다. 그런데 박물관에서 일하는 나를 마음에 들어했던 교수님이 스카우트되어 떠나면서 내게 동행을 권했다. 영국의 어느 재단에서 후원받은 연구비로 내게 골드스미스 석사 전액 장학금을 줄 수 있다고 제안했다.

미대를 졸업했지만 나는 실기 성적이 좋지 못했다. 창작에는 재능이 없었다는 뜻이다. 그런 나에게 우연처럼 찾아온 행운이라고 생각했다. 한 치의 의심도 없이.

"너 맞구나."

당황한 권현진은 뭐라고 답해야 할지 모르겠다는 듯이 난감해하고만 있었다.

나는 재단에서 받은 학비와 생활비로 손에 물 한번 안 묻히고 유학했다. 이런 사정을 모르는 사람들은 당연히 내가 부잣집 딸인 줄 알았다. 안락한 부모님의 온실 속에서 자라는 공주님이라고.

"이 오피스텔이 법인 명의라고 들었는데, 이것도 혹시 네 거야?"

NH에쿼티파트너스. 농협과 연관 있는 법인인 줄 알았다. 보증금도 거의 없다시피 했고 월세도 하찮아서 크게 신경을 안 썼다. 계약서를 쓸 때는 부동산이 대리해서 도장을 찍었다.

집주인이 제집의 비밀번호를 아는 건 어찌 보면 당연하다. 범죄가 아니었다.

"LA에서 표 보내준 건? 설마, 그것도 너야?"

교수님이 LA 디자인 페스티벌에서 초청받아 연구실 몇 명이 함께 미국에 다녀온 적이 있었다. 짧은 일정으로 아쉽게 미국을 떠나기 전날, 교수님이 어디선가 표를 구해와서 프랭크 게리가 설계한 콘서트홀에서 단체로 LA 필하모닉의 오케스트라 연주를 관람하기도 했다. 내 소원이 이루어진 날이었다. 나는 이 또한 막연한 행운이라고 생각했다.

지금 생각해보니 모든 게 말도 안 된다. 이 세상은 나에게 단 한 번도 안락한 곳이 아니었는데, 나를 보호해주는 온실 같은 게 존재할 리가 없지 않은가? 그것도 우연처럼 말이다.

너무 바보 같아서 눈물이 터졌다. 내 인생에 선물이라곤 너를 만난 일, 그거 딱 하나밖엔 없었는데…… 왜 운명의 탈을 쓴 널 알아보지 못했을까.

"이나희, 울지 마. 어?"

"현진아……"

미안해서 미안하다는 말도 안 나왔다. 오랫동안 어떤 연락도 없었기에, 권현진이 날 잊은 채 혼자 잘 먹고 잘 사는 줄 알고 나는 원망만 했다. 그런데 권현진이야말로 나를 간절히 기다리고 있었던 것이다. 내가 한국에 돌아오기만을.

애가 좀 미쳐 있는 것 같았는데, 그게 이제야 이해가 됐다. 오지 않는 사람을 기약도 없이 기다리는 건, 그늘 없는 사막에 혼자 서 있는 거나 마찬가지였다. 혼자 얼마나 속이 탔을까.

"너 우는 거 보기 싫어. 힘든 것도 싫고. 그래서 그런 건데…… 너 울면 속상하다. 나희야."

줄줄 눈물을 쏟는데, 권현진은 자기 손이 더럽다고 내 눈물을 닦아주지도 못했다.

"나 이제 괜찮아. 너 왔잖아."

"내가 영영 안 돌아왔으면 어쩌려고 했어?"

"금방 올 줄 알았지. 석사 2년이면 끝나니까."

"4년이나 더 걸렸잖아."

"그러게……"

씁쓸하게 중얼거린 그가 내 눈치를 보며 머뭇거리더니 마지못해 대답했다.

"박사까지 따겠다고 할 줄은…… 나도 몰랐지."

처음 교수님이 제안했던 건 석사까지였다. 그런데 석사 과정이 끝나갈 무렵 박사 과정을 원하는지 물었고, 재단의 스콜라십을 연장 지원받을 수 있는지 알아봐주겠다고 했다. 한달인가 보름인가, 긍정적인 답변이 금방 돌아왔다.

"어떡하냐. 네가 하고 싶다는데……"

"너 내가 거기서 눌러 지내다가 다른 남자 사귀고 결혼했으면 어쩌려고 했어?"

"몰라. 그런 건 묻지 마. 상상도 하기 싫다."

"나한테 연락할 생각은 왜 안 했어? 뒤에서 도와줄 마음이 있었으면 나한테 한번이라도 연락할 수 있었잖아. 내 전화번호도 다 알았을 거 아냐."

술술 대답하던 권현진이 순간 입을 딱 다물었다. 뭔가 말하기 곤란한 표정이었다.

설마 아직도 권씨 집안에서 날 신경쓰는 걸까? 하지만 윤종오는 권진에서 쫓겨났고, 권 회장은 와병중이었다. 설마 권영무까지 내 존재를 아는지는 모르겠지만, 그분은 지금 옥살이중에 또다른 재판을 받느라 제 코가 석 자였다. 때마침 총수 직무대행인 권승주 사장의 서늘한 얼굴이 눈앞에 떠올랐지만, 금세 지워졌다.

"그래, 그런 건…… 다 상관없어, 이젠."

나는 더이상 그 잘난 권씨 집안이 무섭지 않았다. 중요한 건 내 첫사랑이 미련하게도 제 청춘을 다 바쳐서 나를 기다렸다는 사실 하나였다.

"우리 사귀자, 권현진."

—전화기가 꺼져 있어 소리샘으로 연결됩니다.

퇴근 전까지 연락 한 통 없길래 잠든 줄 알았다. 걱정하며 집에 왔는데 권현진이 내 옷장에 제 옷을 걸고 있었다.

"어, 왔어?"

집 곳곳에 그의 물건이 보였다. 소파는 사라졌고, 세탁기와 냉장고는 새것으로 교체되어 있었다.

"너 출근은?"

"안 했는데."

태연해서 더 기가 막혔다. 이 오피스텔이 그나마 넓어서 다행이지.

"소파 버렸다. 내일 새거 올 거야. 쿠션감이 좀 별로더라. 물렁물렁하고. 침대도 큰 걸로 샀어. 그것도 내일 온대."

"현진아, 지금 무슨 짓을 하는 거야."

"나 당분간 여기서 출퇴근하려고."

"뭐?"

"사귀자며. 나 이제 너 안 놓는다."

여유로운 목소리에 혈압이 확 올랐다. 아니, 물론 사귀자고 한 건 맞는데…… 그게 언제부터 살림을 차리자는 말과 동의어가 됐던가?

"너랑 안 떨어질 거야, 이나희."

그가 당당하게 동거를 선언했다.

나랑 절대 안 떨어진다더니 막상 권현진은 새벽에 사라졌다. 저렇게 바쁜데, 레지던스가 오픈할 때까지 제주에서 지낸다고 한 건 아무래도 거짓말 같았다.

닷새 만에 돌아왔을 때는 애가 핼쑥했다. 언제 들어왔는지도 모르게 그가 소파에 크게 뻗어 있었다. 숨통만 트이게 넥타이만 겨우 끄르고서.

"결혼식, 엑스포, 현장 세 개. 나흘 만에 다 뛰었다. 하루는 하늘에 있었고."

그렇게 5일이라면 엄청난 일정이다. 몰아서 해치우고 온 모양이었다. 등받이에 고개를 젖힌 채로 그가 신음했다.

“나희야, 이리 좀 와봐. 빨리.”

“잠은 좀 잤어?”

“아니. 머리 너무 아파.”

“들어가서 자. 침대 엄청 편하더라.”

피곤해 보여서 마음이 안 좋았다. 머리를 쓰다듬어주자 내 허리를 낚아채곤 어깨에 얼굴을 비비적거렸다.

“진짜 죽는 줄 알았다. 너 보니까 살 것 같네.”

그 빡빡한 일정에 제주까지 오다니.

“비서가 너 미쳤다고 생각하겠다.”

“이미 알아. 제정신 아닌 거.”

농담 같지 않았다.

“원래 비행기에서 몇 잔 하고 자거든. 근데 술도 아예 안 마셨다.”

칭찬을 듣고 싶은 듯 권현진이 불쑥 눈을 들었다. 근사한 눈매가 가늘어졌다.

“나 잘했지.”

“응.”

"뽀뽀해주라."

고개를 쳐들고, 눈을 감고, 입술만 내밀었다. 저런 표정마저도 귀엽기 짝이 없었다. 잘생긴 얼굴 전체에 뽀뽀 세례를 퍼붓다가 스킨십이 깊어졌다. 어느새 소파에 누워서 그의 목에 손을 걸고 있었다.

"기념품 뭐 사왔게."

"초콜릿?"

"아니, 그거."

피임 도구. 권현진은 해외 브랜드 제품만 직구해서 사용한다. 제주까지 택배로 받기가 어렵다고 했다.

"수화물 반이 그거야. 세관에서 미친놈인 줄 알걸."

"맞긴 하잖아."

"어, 맞지."

키득거리다가 핸드폰 진동 소리에 우리는 동시에 눈을 돌렸다.

찬희였다. 순간 우리 사이에 찬물을 끼얹은 듯 공기가 가라앉았다. 나는 침대가 있는 방으로 들어가서 문을 닫았다.

"응, 찬희야. 아침부터 왜? 무슨 일 있어?"

—누나. 목소리가 왜 그래?

조용히 말하느라 소리를 낮췄을 뿐인데 찬희는 다르게 파악한 듯했다.

—설마……

혹시 내가 권현진과 만난 걸 벌써 알았나? 가슴이 조마조마했다.

—누나, 설마 주식 샀어?

"응……?"

—창진이 형이 주식하라고 꼬셨지? 누나, 그 인간이 추천하는 거 절대 사지 마. 김창진 아주 내 인생의 웬수야, 웬수.

다행히 이번엔 헛발질이다. 나는 조용히 안도의 한숨을 흘렸다.

—엄마 계속 손가락 아프다고 그러더라. 빨리 서울 와서 병원 다니라 그래. 내가 다 알아놨단 말이야.

"알았어, 엄마한테 얘기할게."

—내 말은 어디서 개가 짖는구나 하고 무시하니까, 누나가 엄마 좀 단속해.

"응응, 알겠어."

—뭐 급한 일 있어? 자꾸 끊으려고 하네?

"급한 일은. 출근 준비해야 하니까 그렇지. 주말에도 미술관 열잖아."

—누나.

"어?"

—혹시 요즘 데이트해?

찬희가 날 떠보듯 물었다. 대답할 순간을 한 박자 놓쳤다.

—맞네, 대답 못하네. 누나 누구 만나는구나?

건수를 잡은 이찬희가 신나서 히죽거렸다.

—엄마가 누나 전화 한 통 없다고 그러던데. 몰래 데이트 하느라 바빴나봐? 이야, 엄마가 눈치가 없었네.

"찬희야, 나 출근해야 해."

—누군데. 박진석 쌤은 아니지?

"내가 주말 지나고 다시 전화할게. 엄마한테 제발 아무 말도 하지 마."

—알았어, 알았어.

"진짜 헛소리하지 마. 너 가만 안 둬."

—에이, 누나! 나 입 무거운 거 알잖아.

망했다. 언젠가는 찬희와 엄마한테도 권현진과 다시 만난다고 얘기하겠지만, 아직은 재회한 지도 얼마 안 되었다. 게다가 엄마는 권씨 집안이라면 학을 떼는 사람이다. 말마따나 갱년기인지, 엄마는 극단적인 반응을 보이는 경우가 종종 있었다. 적당한 때를 봐서 조심스럽게 접근해야 했다.

나는 표정을 관리하고 침실을 나왔다. 문을 열자마자 소파에서 날 쳐다보고 있던 권현진과 정면으로 눈이 마주쳤다. 억지로 입꼬리를 끌어올려서 웃었다.

"아, 찬희가 주식 사지 말라고. 그 얘기였어. 걔가 추천받은 종목 샀다가 주식 완전 망했거든. 이찬희 귀 엄청 팔랑거려."

그는 일절 말이 없었다. 내가 무슨 일로 곤란한지 다 아는 듯한 얼굴이었다. 다 알면서도 내가 먼저 털어놓을 때까지 기다리겠다는 눈빛. 차라리 화가 났다고 평소처럼 성질을 부리는 게 낫지, 얼어붙은 호수처럼 고요한 권현진은 도무지 적응이 안 된다. 아무 말 없이 눈으로만 날 좇는 냉한 얼굴에 간담이 서늘해졌다.

"나 출근하고 올게……"

알콩달콩 연애나 좀 하고 싶은데, 우리가 갈 길은 구만리처럼 멀기만 했다.

권현진의 마음을 풀어주려고 일요일에 또 연차를 냈다. 바닷가 구경도 하고, 한라산도 가고, 다닐 데가 무궁무진했다. 주말에 쉬는 게 눈치가 보였지만, 그동안 나는 연차를 쓴 적이 없었기 때문에 다들 배려해주었다.

게다가 미술관에 권현진이 다녀간 이후로 확실히 모두가 나에게 유해졌다.

“나희 쌤, 관장님 손자랑 사귀어요?”

“네?”

배송 온 작품을 풀다가 잠깐 짬이 나서 믹스커피를 마셨다. 같이 먼지를 뒤집어쓰고 있던 지수씨가 넌지시 물었다.

“장 실장이 그러던데요. 완전 잘생긴 이사님이라고. ‘갈치나라’에서 둘이 손잡고 나가는 거 봤다던데.”

안 그래도 시선 끄는 남자를 유명 맛집에 생각 없이 데려가다니, 뒤늦게 후회스러웠다. 장 실장을 필두로 소문이 퍼졌고, 지수씨가 그걸 들은 모양이었다.

“약간 서운하다. 제일 친하다고 생각했는데, 나한테는 말 안 해주고.”

이걸 부정해야 하나, 말아야 하나. 고민이 안 됐다면 거짓말이다.

"당연히 제일 먼저 말씀드리려고 했는데요, 저희가 만난 지 얼마 안 되어서."

"어머, 진짜구나! 사실은 나도 나희 쌤 봤거든요."

지수씨가 눈을 반짝였다.

"빵집에 같이 왔던 그분이죠? 진짜 장난 아니더라."

디저트를 사러 빵집에도 자주 갔다. 원래도 자주 가는데 요즘은 특히 동거인 때문에 기력이 딸려서 심히 당이 당겼다. 권현진의 표현을 빌리자면 '참새가 방앗간 드나들듯' 빵집을 다녔다.

"안에서 라테 마시다 봤는데 도저히 말을 못 걸겠더라고요. 어우, 포스 완전. 키도 진짜 크시고 완전 배우상. 권승주 사장이랑 너무 닮아서 깜짝 놀랐어요."

권승주는 권진의 추락한 브랜드 이미지를 쇄신하느라 매체에 자주 나왔다. 잘난 외모로 온라인상에서 추앙받으며 이미지메이커 역할을 톡톡히 했다.

"저랑 둘이 서 있으면 좀…… 안 어울리죠?"

나는 어릴 때부터 권씨 일가에 열등감이 심했다. 그 집에 얹혀살게 되었다는 사실을 알고부터였으니, 내 자격지심에는 꽤 오랜 역사가 존재한다.

"무슨 말씀이세요, 나희 쌤이랑 완전 잘 어울려요. 딱 공주님 왕자님이던데?"

권현진은 왕자님이 맞지만 나는 공주가 아니다. 그런 생각은 해본 적도 없었다. 다른 사람도 아니고, 권현진과 나를 나란히 놓고 추켜세워주는 게 얼떨떨했다.

"그래서 장 실장이 나희 쌤 미워하잖아요. 학벌 좋지, 집도 잘살지, 구김살도 없지, 심지어 얼굴도 예뻐, 몸매도 좋아, 성격도 쿨해, 이젠 남친까지 완벽하잖아!"

"아, 그만하세요."

사실이 아닌 이야기에 귀까지 홧홧해졌다.

"제가 점심 살게요."

"앗싸! 흑돼지 콜?"

"……콜."

나와 권현진의 동거생활은 자연스럽게 이어졌다. 그는 제주 공항에서 서울로 출근하고, 김포에서 제주로 퇴근했다. 근 한 달간 그랬다. 나도 돌았지만 권현진도 제정신이 아니었다. 매일 비행기로 출퇴근하는 기행을 벌이면서도 얼굴이 갈수록 좋아지는 게 증거였다. 진짜 미친 것 같았다.

"나희야, 뽀뽀."

해뜨기 전 새벽, 운전석 창문을 내리고 권현진이 눈을 감았다.

"얼른. 뽀뽀."

"누나라고 해봐."

"야. 그냥 좀 해줘."

"누나라고 빨리 해봐, 응? 오랜만에 듣고 싶단 말이야."

"아…… 누나. 뽀뽀."

볼에다가 쪽쪽 소리 내며 뽀뽀를 해주니 좋다고 웃는다. 잘생긴 놈.

"나희야, 우리 진짜 신혼부부 같다."

"그러게."

"나 매일 꿈꾸는 것 같다. 하루하루가 설레서 미쳐버릴 것 같아."

너 이미 미쳤어, 현진아…… 제주에서 서울까지 매일 출퇴근하는 애가 제정신이겠니. 권현진은 창문으로 목을 쭉 빼곤 수줍어하며 내게 입술을 맞췄다.

"오늘 저녁에 선물 올 거야."

"선물? 웬 선물?"

무슨 선물인지는 대답하지 않고 권현진이 씩 웃었다.

"갈게. 전화 잘 받고. 얼른 들어가."

"응, 잘 다녀와."

꼭두새벽에 누군가를 배웅하는 게 이렇게 즐거울 일인가. 권현진이나 나나 도긴개긴이다. 사랑에 미쳐서 앞뒤 분간이 안 되는 건 둘 다 마찬가지였다.

엘리베이터를 타고 올라가는 내내 나는 나사 풀린 사람처럼 실실 웃었다. 우리는 지금 서로에게 눈이 멀어서 아무것도 안 보이는 사람들이었다.

하지만 기쁨도 거기까지였다. 활짝 열려 있는 현관문 앞에서 발이 멈췄다. 설마 내가 문을 열어놓고 왔나? 놀라서 달려갔는데 현관에 누군가의 인영이 있었다.

내 오피스텔 카드 키를 가진 또다른 사람. 바로 엄마였다. 내가 색깔별로 소파에 꺼내놨던 넥타이, 현관에 놓인 남성용 신발. 차례로 시선을 옮긴 엄마가 우두커니 선 채로 굳어 있었다.

"어, 엄마."

뒤늦게 기척을 알아챈 엄마가 황망한 얼굴로 나를 돌아봤다.

제14장

연애의 끝

"나희야, 아니지? 엄마가 잘못 본 거지? 큰 도련님…… 아니지, 응?"

우리를 봤구나. 엘리베이터에서 엇갈린 모양이다. 사색이 된 엄마가 내게 버럭 소리쳤다.

"이나희! 너 왜 아무 말도 안 해!"

신경질적인 고음에 움찔했다. 엄마가 이런 식으로 날 다그치는 건 처음이었다. 놀라서 심장이 다 두근거렸다.

"엄마, 엄마. 잠깐만. 내가 다 설명할게."

날 노려본 엄마가 거칠게 신발을 벗고 침실로 향했다.

"엄마!"

킹사이즈 침대와 나란히 놓인 베개 두 개. 그걸 보고 하얗게 질린 엄마가 이번엔 옷장 문을 열어젖혔다. 한구석을 차지한 남성용 정장과 셔츠. 그걸 보고 엄마가 숨을 몰아쉬었다.

"엄마, 그게……"

엄마는 날 밀치고 곧장 화장실 문을 열더니 면도기와 남성용 로션을 보고 비명을 질렀다.

12년을 헤어져 있긴 했지만, 엄마의 이런 반응은 처음이었다. 나는 감히 말리지도 못하고 식겁해서 굳어졌다.

"너, 너 현진이랑 동거하니?"

차마 대답할 수가 없었다. 그러자 엄마가 울분을 토했다.

"등신 같은 년! 이 등신 천치 같은 년!"

"아!"

내 등짝을 때리는 손길이 매웠다. 엄마한테 맞는 건 처음이었다. 엄마가 나한테 욕을 하는 건 더 충격이었다.

"너 기억 안 나? 우리가 무슨 소리 듣고 거기서 내쫓겼는데!"

엄마의 절규에 속절없이 눈물이 터졌다.

"너 학교도 제대로 못 다니고 외국에서 여기저기 쫓겨다니던 거, 걔도 알아? 그 잘난 집안 장손 때문에! 네가 무슨 꼴을 당했는데!"

"엄마, 현진이가 내 학비, 생활비 다 해준 거야. 유학 뒷바라지 걔가 다 했어!"

"네가 유학 보내달라고 사정했어? 네가 가고 싶어서 갔어? 정신 좀 차려, 나희야!"

엄마가 벌게진 얼굴로 내 어깨를 잡고 흔들었다.

"한국에서 대학 잘 다니던 애를 납치해서 데려간 걸 네가 왜 고마워해!"

"그건 현진이가 그런 게 아니라."

"걔가 너한테 매달리지? 나희야, 어쩔 수 없이 만나주는 거지? 쫓기면서 사는 거 얼마나 지긋지긋한지 모르니? 어릴 때 네 아빠 어땠는지 다 잊었어?"

"아니야, 엄마. 아빠처럼 그런 거 아니야. 나도 현진이 좋아해!"

"이나희!"

듣기도 끔찍하다는 듯 얼굴에 시퍼런 절망이 번졌다. 비틀거리는 엄마를 부축하자, 엄마가 내 손을 홱 뿌리쳤다.

"언제부터야. 너, 그래서 남자도 안 만났어? 엄마가 권씨 인간들 끔찍해하는 거 뻔히 알면서……! 엄마 뒤에서 몰래 만났어?"

독을 삼킨 사람처럼 엄마가 울며 가슴을 두드렸다.

"어떻게 네가 엄마를 농락해!"

비명에 귀가 찢어질 것 같았다. 내가 기억하던 엄마는 이런 사람이 아니다. 사람을 달달 볶는 화법에 숨이 막혔다. 이래서 제주에 지내면서도 엄마를 안 찾아갔던 것이다.

"아무나 좋으니까 결혼하라며. 미국 사람이든 아프리카 사람이든 상관없으니까 아무나 만나서 빨리 결혼하라며!"

"걔는 안 돼! 이 세상 남자 다 데려와도 권씨는 안 된다고!"

악을 쓰던 엄마가 희번덕거리는 눈으로 나를 노려보았다.

"너 현진이 때문에 엄마 안 만나러 오는 거지? 걔가 엄마한테 찾아가지 말라고 해서, 그래서……!"

"엄마, 아니야. 현진이 안 그래!"

"우리 모녀 사이 이간질하고, 엄마한테서 너 뺏어가려고!"

"엄마!"

그때 누군가 쿵쿵 현관문을 두드렸다. 이어서 "새벽부터 시끄러워요, 그만 싸워요! 경찰 부릅니다!" 하고 외쳤다. 덕분에 우리의 말싸움은 일단락되었다. 고통스러운 듯이 주저앉아 머리를 짚고 있던 엄마가 일어섰다.

"너, 동거부터 그만둬. 네 집이니까 현진이 오늘 당장 나가라고 해."

엄마는 옷장에 있던 정장을 전부 꺼내서 나에게 내던졌다. 화장실에 있던 그의 물건도 죄다 던졌다. 이 집이 그의 소유란 걸 알면, 엄마는 나를 여기서 끌어낼 기세였다. 눈물이 쉴 새없이 흘렀다. 나는 차마 엄마를 말리지 못했다. 돌변한 엄마가 무섭고, 서럽고, 또…… 미안했다.

내가 사랑하는 두 사람 모두에게 그랬다. 죄책감이 가슴을 짓눌렀다.

"두말할 것 없어. 너 당장 선 봐."

"뭐?"

"제주지법 검사야. 너랑 위로 네 살 차이고. 궁합도 잘 맞는댄다."

엄마의 식당을 지어주신 건축 사무실 대표님 아들이라고 했다. 심지어 부모님들끼리 먼저 사주를 받아서 궁합을 본 모양이었다. 황당했다. 한남동에 있을 땐 권 회장을 선무당 취급하더니. 거기서 옮았는지 이젠 사주며 미신을 자식 말보다 더 잘 들었다.

"나 선 안 봐. 그런 식으로 사람 만나는 거 지겨워!"

"이나희! 네가 현진이 못 끊어내면 엄마가 걔 찾아갈 거야. 더이상 내 딸 건들지 말라고 권진 건설 앞에 가서 1인 시위라도 할 거야! 그러니까……!"

현관을 나서다 말고 엄마가 날 돌아봤다.

"괴물 같은 짓, 이제 그만 좀 하라고 해! 제발!"

출근은 겨우 했는데, 퇴근할 때까지 일이 손에 잡히질 않았다.

ㅡ엄마 대체 왜 그래? 나한테 전화해서 누나 인생 망했다고 갑자기 울고불고 난리야. 저럴 때마다 무서워 죽겠어

ㅡ엄마 진짜 갱년긴가? 가게 여사님들이 다 그러시던데

찬희에게서 메시지가 왔다. 오피스텔을 떠나자마자 엄마가 찬희에게 하소연한 모양이었다.

내가 한국에 없는 동안 찬희가 엄마의 넋두리를 모두 받아줬다. 그런 걸 생각하면 한번씩 얄밉다가도 짠하고 미안

했다.

—누나, 혹시 현진이 형 만났어?

퇴근하고 통화가 연결되자마자 찬희가 귀신같이 캐물었다. 뭔가 언질을 들은 모양이었다.

—누나, 아니지?

차마 그렇다는 대답이 안 나왔다. 입술만 깨물고 있는데, 찬희가 한숨을 푹 내쉬었다.

—아, 누나.

"그냥, 그렇게 됐어."

—혹시 현진이 형이 누나 힘들게 해? 그럼 내가 만나볼게.

"됐어. 만나서 네가 뭘 할 건데."

찬희는 남한테 싫은 소리는 일절 못하는 애였다. 생전 누구와 싸워본 적도 없었다.

—누나, 나도 남자야. 내가 그 형한테 우리 누나 그만 괴롭히라고 말할게.

꼴에 남동생이라고 의젓하게 말하는 게 우습고 기특했다.

"이찬희. 우리가 무슨 초등학생이야? 괴롭히긴 무슨."

—현진이 형이 어릴 때부터 누나 미치게 좋아했잖아.

뭘 또 미치게 좋아했대. 들을수록 황당했다.

—우리 학급에도 좋아한다면서 막 괴롭히고 그런 경우 있거든? 그거 다 폭력이야.

"찬희야. 현진이가 나 일방적으로 힘들게 하는 거 아냐. 나도 걔 좋아해. 예전부터 우리 서로 많이 좋아했어."

—누나가 그렇게 좋으면 왜 진작 한국에 안 데려왔는데? 남의 나라 떠도는 동안 그 형은 대체 뭐했냐고. 뭐, 학비 대준 거? 적선하고 끝? 재벌한테 얼마 되지도 않는 돈, 그거 좀 받았다고 누나 넘어간 거야?

긴 한숨이 들려왔다. 한참의 침묵 뒤에 찬희가 조심스레 입을 열었다.

—누나, 내가 무슨 말 하는지 알지?

"그래."

—그간 연락도 한번 없었다며. 거기서 끝난 거야. 누나, 남자는 진짜로 사랑하면 절대 안 놓쳐. 그 인간을 봐. 엄마를 얼마나 징그럽게 쫓아다녔냐?

나는 아빠가 엄마를 사랑해서 쫓아다녔다고 생각하지 않는다. 그런 추악한 행동은 결코 사랑에서 비롯됐을 리가 없었다. 상대가 아파하는 것조차 아까워서, 할 수만 있다면 내가 대신 아프고 싶은 감정이 사랑이다. 그런 상대를 어떻게 쫓아다니며 일부러 괴롭힌단 말인가. 그것도 사랑이란 이름으로.

—현진이 형 잘생겼고, 누나한테 잘해줄 테고, 돈도 넘쳐흐르고. 그래, 알아. 나도 아는데…… 누난 자존심도 없냐?

가슴이 쿡 찔린 듯 쓰렸다. 가족한테, 그것도 동생한테 저런 말을 듣는 건 생각보다 타격이 컸다.

—나는 뉴스 보다가도 그 사람들 나오면 TV 꺼버려. 낯짝도 보기 싫고, 얘기도 듣기 싫어서.

머리가 아팠다. 핸들에 기대어 눈을 감았다.

—권 회장 병실에 누워 있다고, 누나 이제 무서울 게 없어?

"이찬희. 넌 짝사랑 안 해봤잖아."

—누나가 왜 현진이 형 입장을 대변하는데.

"먼저 좋아한 거, 현진이가 아니라 나야."

—뭐?

"나 현진이 되게 오래 좋아했어, 찬희야."

지금 와서 생각하면 누가 먼저였는지는 확실하지 않았다. 험한 말만 하는 그애가 내게 눈을 떼지 못하는 걸 알고 두근거렸다. 하지만 나 역시 권현진을 늘 훔쳐보고 있었으니까 그 시선을 알아챘던 거다.

자꾸만 눈이 가는 게 그저 관심이었는지, 애정이었는지는 모른다. 닭이 먼저냐 계란이 먼저냐 하는 수준의 문제였다.

"자존심 같은 거 백번이라도 버릴 수 있어."

—웃기고 있네. 어떻게 누난 그 꼴을 보고도…… 그 집안이랑 엮이고 싶냐?

"찬희야, 너라도 누나 좀 이해해주면 안 돼?"

—난 이해 못해. 안 해!

전화가 뚝 끊겼다. 그리고 곧장 멀티 메시지가 왔다. 명함이었다.

첫 만남부터 성혼까지 책임지는 인연

'필연'

상담 매니저 김희주

—본인이 직접 연락해야 가입할 수 있대. 엄마가 누나 꼭 가입시키라고 했으니까 전화해

—누나랑 엄마 뒤치다꺼리하는 거 나도 지겹다

마지막 그 말에 눈물이 핑 돌았다. 찬희에게 서운한 게 내가 이기적이어서 그런 걸까. 명색이 누나인데 나만 좋자고 장녀 노릇 안 하고 가족들 골치만 썩게 하는 건가. 죄책감에 내가 싫어졌다. 이렇게까지 하는 게 과연 옳은 건지 회의감이 들었다.

차에서 내내 울다가 뒤늦게 정신을 차렸다. 일단 그의 짐을 빼야 했다. 가만 놔뒀다가 엄마가 정말 권진 건설에 찾아가 1인 시위라도 할까 무서웠다. 요즘 엄마의 감정은 극과 극을 달려서 행동을 예측할 수가 없었다.

권현진이 오기 전에 엉망이 된 집부터 정리해야 한다. 서둘러 갔는데 오피스텔 주차장 안 처음 보는 세단 앞에 이미 와 있었다.

"현진아."

이름을 부르자 옆에 있던 그의 비서가 먼저 날 보고 꾸벅 고개를 숙였다.

"그럼 회사에서 뵙겠습니다, 이사님."

"수고 많았어요."

비서는 다시 한번 내게도 깍듯이 인사하고 사라졌다.

"어떻게 벌써 왔어? 이 차는 또 뭐고."

독일제 외제 차량이었다. 차종을 잘 모르는 나도 아는 비싸고 유명한 차. 색깔이 흰색인 걸 보니 법인 차량은 아니고, 게다가 안에 시트도 베이지색이었다.

"너 차 있잖아."

내가 알기론, 권현진이 제주에서 타는 차가 두 대였다. 그는 차량을 확인하기 바빠서 내게 대꾸도 없었다. 내부, 외부를 꼼꼼히 살펴본 뒤에야 차 문을 닫았다. 묘하게 뿌듯한 얼굴이었다.

"내 거 아니야."

"그럼?"

"차 없으시잖아, 어머니."

권현진이 환하게 웃었다. 그 미소가 목구멍에 턱 걸렸다.

"섬에서 자차 없이 어떻게 지내. 그나마 제일 빠르게 받을 수 있는 게 이거더라."

내게 새 차를 사준다기에 거절한 게 며칠 전이었다. 그때 내가 엄마 차를 뺏은 거라고 말했다.

"괜찮겠지? 무난하게 탈 수 있는 걸로 골랐는데."

"……"

"나도 만둣국 먹고 싶다, 나희야."

이 차 때문에 일찍 퇴근했구나. 내게 직접 전해주고 싶어서. 같이 우리 엄마를 보러 가자고.

속이 답답했다. 뭐라고 말해야 할지 몰라서 입이 떨어지지 않았다. 내 표정을 보고 권현진의 얼굴이 점점 굳어졌다.

"왜…… 싫어? 불편해?"

제 딴엔 잘해주려고 하는 건데 이런 말밖에 하지 못하는 나도 속상했다.

"엄마가 아침에 오피스텔 다녀가셨어. 카드 키 하나는 엄마한테 있거든."

"우리 같이 사는 거 어머니가 아셨어?"

"응."

"너 혼났겠네."

"엄청. 당장 나오라고 난리야."

"어쩔 수 없지, 뭐. 내가 짐 빼야지."

권현진은 아무렇지도 않은 척했다. 그래서 더 미안했다.

"현진아, 미안…… 일부러 신경써줬는데"

"네가 왜 미안해. 내가 말도 없이 산 건데."

그가 피식 웃음을 터뜨리며 날 안고 다독였다. 성질을 부릴

만도 한데, 꼭 이렇게 결정적인 순간에 권현진은 다정했다.

"차 오늘 받은 거면 혹시."

"안 돼. 일시불로 긁었는데, 쪽팔리게. 차라리 잘됐네. 네가 타면 되지. 안 그래도 네 차 마음에 안 들었다."

일부러 장난스럽게 말하는 걸 안다. 역으로 나를 달래준 권현진이 내 손을 꼭 잡고 말했다.

"내가 어머니 찾아뵈면 불편해하시려나."

"음…… 지금은 때가 아닌 것 같아."

"그래. 알겠어."

그가 순순히 고개를 끄덕이며 덧붙였다.

"알지? 나 기다리는 거 잘해."

찬희가 다그칠 때, 아주 잠깐이지만 고민이 됐다. 권현진을 포기하는 게 옳은 건가 하고. 그 순간의 고민이 미안해서 얼굴을 들 수가 없었다.

"넌 괜찮아? 뭐 다른 이야기는 없으셨고?"

"그게, 사실은."

선 자리에 말없이 빠질 수가 없었다. 이미 시간과 장소까지 엄마가 받아놨는데, 적어도 남자의 얼굴은 보고 거절해야 했다.

"그냥 커피만 마시고 올게. 만나는 사람 있다고 말할 거야."

내내 태연한 척하던 권현진이 갑자기 정색했다.

"그 자리 안 가면 엄마 입장이 진짜 곤란해서 그래. 너 걱정할 일 없게 거절하고 바로 일어날게."

"아…… 이건 좀 빡치네."

고운 미간에 주름이 확 졌다. 그는 시선을 돌리며 법인 차량에서 담배를 꺼내더니 멀리 가서 태우기 시작했다. 동거하면서는 한번도 입에 대지 않은 담배였다. 내가 다가가려 하자 그가 가까이 오지 말라고 손을 올려 저지했다.

"그냥 10분만 앉아 있다 올게. 응?"

"만나. 내가 뭐 어떻게 막아. 어머니가 소개하신 건데."

후, 하늘로 연기를 뱉는 얼굴이 까칠했다.

"대신 깨끗이 정리해라, 이나희."

❀

상대 남자와는 헤븐리 호텔 1층 라운지 카페에서 만나기로 했다. 우리 외에도 맞선을 보는 사람들이 꽤 있었다.

"남의 호텔에서 놀고들 있다."

날 믿겠다던 권현진은 기어코 선 자리까지 따라왔다. 바로 뒤편의 테이블에 앉아서 나와 등을 맞대고 뻔뻔하게 커피를 시켰다.

"너 정말 이래야겠어?"

"나도 커피 좀 마시겠다는데, 왜. 사줄 것도 아니면서 시비야."

"권현진."

"퇴근 일찍 했어. 할일이 없는데 어쩌라고."

거짓말이라는 걸 하늘이 알고 땅이 안다. 내가 미안한 입장이지만, 그의 행실이 너무 기막혀서 얄밉기까지 했다. 하지만 기행은 거기까지였다.

"안녕하십니까, 이사님."

권현진의 얼굴을 알아본 제너럴 매니저가 찾아온 탓에 결국 그는 자리에서 일어섰다.

"객실 불편 사항은 없으셨습니까?"

"최 팀장한테 몇 가지 일러뒀습니다. 레지던스 오픈도 코앞이네요."

"확인하고 수일 내로 시정하겠습니다. '뮤직&아트' 작품 협의 사항은 문제없으셨습니까?"

“안 그래도 확인하려고 들렀습니다. 그럼 보면서 이야기 하시죠.”

그가 카페를 나갔고, 나는 상대를 기다렸다. 상대편 남자가 약속 시간보다 늦게 와서 정확히 30분 만에 헤어졌다. 커피는 당연히 내가 계산했다.

“쳐다보고 있으려니 열받더라.”

권현진은 저녁식사로 룸서비스를 시켜놓고 레지던스에서 날 기다리고 있었다.

“먼저 나갔는데 언제 봤어?”

“너 그 새끼 보면서 막 웃던데? 뭐가 그렇게 재밌으셨는데요.”

“그쪽에서 예의상 말하니까, 나도 그냥 예의상 웃은 거지.”

“예의상 뭐라고 했는데.”

“그냥 뻔한 얘기.”

“뻔한 얘기 뭔데.”

“예쁘다고.”

“씨, 예의는 무슨. 너는 맨날 듣는 소린데 예의를 왜 차려.”

유치한 질투심이 하늘을 찔렀다. 그러면서도 나 먹으라고 스테이크 옆에 있던 새우 껍질을 하나하나 까주었다.

“검사 새끼가 나보다 잘생겼냐?”

“……현진아.”

“명함 줘봐. 면상 좀 보게.”

“명함에 사진 없어.”

“알아. 내가 등신이야? 일단 내놔봐.”

“진짜 거절했다니까.”

“달라고.”

어떤 루트로 얼굴을 보겠다는 건지 뻔했다. 알면서도 나는 순순히 남자의 명함을 건넸다.

“황보병철. 이 새낀 이름도 엿같네.”

권현진은 금방이라도 찢어버릴 것처럼 종잇조각을 노려보다가, 그 활활 타는 시선을 그대로 내게 돌렸다.

“오늘 자고 가.”

그는 이미 내 오피스텔에서 짐을 다 뺐다. 동거가 어이없게 끝난 뒤, 우리는 요즘 밖에서 저녁식사만 같이하고 헤어졌다.

“여기서 자고 가라고, 이나희.”

미래를 약속할 수 없는 연인은 나눌 게 서로의 온기밖에 없었다. 더군다나 우리는 그 과정을 이미 한번 겪어봤다. 그래서 나는 권현진의 불안을 이해했다.

"어머니 뭐라고 하셔."

"그냥…… 뭐."

"다시 선보라고 하셨겠지. 너한테 화내면서."

정확했다. 통화 내용을 들은 것도 아닌데, 그는 엄마의 반응을 완벽하게 맞췄다. 나한테 하도 소리를 질러대서 귀가 다 멍했다.

"넌 그거 거절 못했고. 다른 남자 또 만날 거고."

권현진과 엄마. 양쪽에서 시달리느라 요즘은 입맛도 없었다. 제일 견디기 힘든 건 죄책감이었다.

사랑하는 엄마를 배신하는 나.

사랑하는 권현진을 배신하는 나.

나는 양쪽 모두에게 실망감만 안겨주는 존재였다. 셋 모두가 패자인 이 전쟁은 끝날 기미가 보이지 않았다.

"우리 하자, 현진아."

나는 커트러리를 내려놓고 그의 손을 잡았다. 내키지 않아 하는 권현진을 데리고 침실로 향했다.

"나 하고 싶어."

"하긴 뭘 해. 나 지금 죽고 싶은데."

"우리 안 한 지 벌써 보름 넘었잖아."

"기분이 이런데, 되겠냐?"

"네 거 벌써 섰어."

"하…… 씨."

권현진은 비참한 듯이 한 손으로 입가를 쓸어내렸다. 그러면서도 착실히 샤워를 하고 왔다. 늘 그렇듯 그는 정성스러웠다.

내가 기꺼이 그의 품으로 파고들자, 그는 더 성질을 부렸다. 나를 단죄하는 것처럼 움직였다. 그래야 내가 죄책감을 던다는 걸 알기 때문이었다.

나는 차라리 우리 관계에 상처를 주는 사람이 내가 아니라 권현진이기를 바랐다.

"엄마 그만 좀 해, 제발!"

자꾸만 남자를 만나보라고 들이미는 엄마에게 결국 소리를 질렀다.

"내가 연락할 때까지 전화하지 마. 오피스텔에 찾아오면 나 집 나가서 다신 안 들어올 거니까 그런 줄 알아."

나는 결국 권현진과 엄마 둘 사이에서 엄마를 끊어냈다. 한몸 같던 우리 모녀가 갈라졌다. 내 의지로 벌인 짓이지만, 나는 먹지도 자지도 못했다.

밤에는 잠들지 못하고 울었다. 데이트하면서 그나마 붙었던 살이 하루가 다르게 쑥쑥 빠졌다. 그러길 한 달도 안 돼서 찬희와 창진이가 제주에 찾아왔다.

"엄마 앓아누웠다고 말하려고 했는데, 누나도 말이 아니네."

날 째려보는 시선이 뾰족했다. 감귤 에이드를 홀짝거리던 창진이가 놀랐는지 얼른 찬희를 만류했다.

"야. 너희 왜 그래. 세상에서 제일 사이좋은 오누이가."

"형은 모르면 좀 가만있어. 그리고 오누이는 오라비와 그 아래 누이를 뜻하는 거야. 우리 남매한텐 해당 없는 말이라고. 의미를 제대로 모르는 말은 아예 쓰지 마."

"이 새끼, 여기까지 와서 선생질이네. 알았다. 난 나가 있는다."

나와 찬희가 대화하는 동안 창진이가 알아서 자리를 피해줬다. 이 순간에는 속없이 바닷가 모래사장이나 뛰어다니는 김창진이 부러웠다.

“진짜 이렇게까지 하면서 현진이 형 만나야겠어? 엄마도, 나도, 이렇게 싫다고 애원하는데도?”

“너는 나랑 엄마가 수진이 반대하면 헤어질 수 있어?”

“어. 나는 당장 헤어져. 우리 가족이 먼저니까.”

“웃기지 마. 넌 이별 안 해봤잖아. 그러니까 쉽게 말하는 거야.”

“우리도 헤어져봤거든?”

“진짜로 헤어진 게 아니었겠지. 서로 끝이란 생각도 안 했고, 그래서 금방 다시 만난 거 아냐? 그게 무슨 이별이야.”

“누가 나랑 수진이 연애사 읊자고 했어? 나 여기 누나 얘기하러 온 거야.”

이게 다 컸다고 꼬박꼬박 대드네. 한 대 쥐어박고 싶었다.

“누나 그 형이랑 계속 만나면 나 이제 누나 안 봐.”

“찬희야.”

“나랑 엄마 영영 안 보고 살 거면, 그래. 둘이 실컷 만나.”

“네가 이러지 않아도 나 충분히 괴로워. 그만해, 응?”

“누나랑 엄마 사이 찢어놓고서 현진이 형은 즐겁대? 누나가 엄마 버리고 자기 택했다고 아주 신명났겠네?”

"……나도 차라리 걔가 그랬으면 좋겠다."

권현진은 우리 사이가 나빠진 걸 전혀 반기지 않았다. 오히려 말수가 줄었고, 내 눈치를 보느라 예민하게 반응했다. 즐거웠던 데이트는 더이상 없었다. 언제 사이가 좋았냐는 듯이 우리는 사소한 걸로도 진지하게 자주 다퉜다.

"이대로 엄마 영영 안 보고 살 거야? 누나가 계속 그럴 수 있을 것 같아?"

"……"

"아니. 누나는 절대 그런 사람 아니야. 나랑 엄마, 우리 가족 절대 손에서 못 놔. 아마 그 형도 잘 알걸? 둘이 곧 헤어지게 될 거란 걸."

단호한 찬희 때문에 울컥했다. 티슈로 눈을 꾹 누르고 간신히 참았다.

"둘이 사귀어서 대체 뭐할 건데. 뭐 이십대냐? 아직도 고딩인 줄 알아? 재벌이랑 결혼을 할 거야, 뭘 할 거야."

삼십대는 과정보다 결과가 중요한 나이였다. 연애도 끝을 먼저 고려한다. 첫 만남부터 결혼을 염두에 두고 시작하는 경우가 부지기수다.

"제발 본인이랑 비슷한 집안 여자 만나라 그래. 주위에 많이 있을 거 아냐. 두 사람 어차피 헤어지게 될 텐데, 이래 봤자 우리 가족만 힘든 거야, 누나. 나랑 엄마랑 누나만 상처 입는 거라고."

찬희의 말도 틀린 건 아니었다. 연애의 끝은 결혼 아니면 이별이니까.

"우리 안 헤어질 거야."

"나랑 엄마 안 본다고? 이럴 거면 누나 대체 한국에 왜 돌아왔냐?"

날 노려보던 찬희가 울분을 토했다. 분위기는 한없이 가라앉았다.

"너 인마. 이 자식이 하늘 같은 누나한테 말버릇이 그게 뭐야?"

"아, 형은 좀 빠져. 우리 가족도 아니면서……"

"뭐야, 나 이씨 패밀리 아니었어? 나 여태 이창진인 줄 알았는데?"

"아무 때나 그렇게 개그하지 마. 나 진짜 그럴 기분 아니라고."

"아닌데? 웃고 있는데? 입꼬리 들썩거리는 거 분명 봤는데?"

"아이 씨. 안 웃었다고."

"얀마, 형한테 지금 씨라고 했어? 씨이? 너 지팡이 맛 좀 볼래? 민중의 지팡이 한번 휘둘러줘?"

"이 형은 진짜 수준이. 고딩이냐?"

"너는 초딩이세요. 샛별초 1학년 1반 꿈돌이 선생님아."

"유치해서 진짜. 짭새랑 말을 못 섞겠네."

"합죽이가 됩시다, 합!"

"어휴."

창진이는 쉽게 찬희를 내쫓았다. 질색하면서 카페를 나가버린 찬희 자리에 창진이가 앉았다.

"너희 대체 왜 싸우냐?"

"창진아, 미안. 그냥 묻지 말아줘."

"나희야. 너 너무 말랐다. 보기는 나쁘지 않은데…… 뭐가 그렇게 힘들어서 그래."

추태를 보일 것 같아서 티슈로 눈물샘을 막은 채 고개만 끄덕였다. 창진이가 휴지를 몇 장 더 갖다주며 말했다.

"나희야, 정 힘들면 주식 한번 해봐. 슬픔을 잊는 데는 주식이 직방이야."

"……"

"한국은 아홉시에 장이 열리거든? 낮에 국내에 털리고, 밤에 미국에 털리면 고통이 싹 잊혀져. 그렇다고 있는 돈 다 쓸어넣진 말고. 그러다 네 인생이 털리는 수가 있어."

"창진아……"

"엉. 종목 추천해줄까? 나랑 이찬희 들어간 리딩방 있는데, 너도 들어올래?"

본격적으로 창진이가 내 옆자리의 의자를 빼고 앉았다.

"나 이제 아무것도 추천 안 하는데, 거긴 진짜 괜찮거든. 방장이 여의도 큰 개미야. 완전 빠삭해. 정진철 대선 출마하는 거, 그 사람이 우리나라에서 제일 먼저 알았대. TV에도 나와서 내가 그때부터."

"가라."

"아이고, 쯧쯧. 주식 한번 해보지. 슬픔 그거 금방인데. 아무튼 이번 모임은 와라. 박지율이 너 보고 싶어서 죽을라 그래."

고등학교 친구들끼리 모임이 잡혔다고 창진이가 전부터 말했었다. 동창회에 갈 기분이 아니었는데, 지율이가 마음에 걸렸다. 고의는 아니어도 연락을 뚝 끊고 12년이나 잠수를 탔으니까. 이제 와 연락하기도 미안해서 차마 먼저 손을 내

밀지 못하고 있었다.

"지율이도 나 보고 싶어해?"

"당연하지. 말이라고 하냐. 술 먹으면 맨날 네 얘기하면서 울었어. 너네 혹시 나 몰래 사귄 거 아니지?"

나도 모르게 픽 웃었다. 예전이나 지금이나 성격 좋은 창진이는 고마운 친구였다.

"알았어. 그럼 지율이 보러 얼굴만 잠깐 비출게."

다툼의 불씨가 되긴 했지만, 권현진이 나와 엄마가 틀어진 원인의 전부는 아니다. 나는 엄마의 감정 기복을 견디기 힘들었다. 그가 나타나기 전부터 그랬다. 하지만 먼저 엄마를 차단했다는 죄책감은 검은 뱀처럼 내 안에 도사렸다.

"왜 안 먹어. 더 먹어."

"아냐. 다 먹었어."

"오일 느끼하면 다른 거 시켜줘? 고기 먹을래?"

"아니. 파스타 하나도 안 느끼해. 맛있어."

"근데 왜 그거밖에 안 먹어."

치켜뜬 시선에 힐난이 서렸다. 말라가는 날 보면서 권현진은 한없이 날카로워졌다.

“현진아, 나 서울 다녀오려고.”

물을 마시고 유리컵을 내려놓는 그의 손길이 신경질적이었다.

“그 동창회 때문에?”

“응. 잠깐만 들르려고 했는데 금요일이라 하룻밤 자고 오려고.”

“……토요일 출근 안 해?”

“반차 쓰면 돼.”

파스타를 말던 그가 결국 포크를 던지듯 내려놓았다. 룸서비스용 하얀 식탁보 때문에 둔탁한 소리가 났다.

“너 나 만나러 한번도 서울 온 적 없잖아, 이나희.”

“이제 갈게. 매일 제주 오가기 피곤했지? 미안. 다음주는 내가 갈게. 언제 갈까? 평일에는 너도 좀 쉬고, 우리 주말에 볼까?”

내 딴에는 맞춰주려는 거였는데, 그는 그것조차 마음에 안 드는지 날 쳐다보는 시선이 한없이 삐딱했다. 눈싸움하듯 가만히 바라보다가 옆에 있던 와인을 땄다. 잔에 반 이상을 따르고는 한번에 들이켰다.

요즘 우리가 싸우는 날들이 늘어나면서 권현진이 다시 술을 마신다는 건 알았지만, 내 앞에서 음주하는 건 이번이 처음이었다. 갑자기 술과 약을 같이 복용했던 일이 떠올라 불안해졌다.

"거기 그 새끼도 있겠네. 김창진."

오늘 창진이와 찬희를 만난 건 말하지 않았다. 안 그래도 저렇게 예민한데 괜히 또 싸움이 날까봐. 다툼이라면 이젠 지겨웠다.

"현진아, 그만 마셔. 너 좀 쉬는 게 좋겠다."

나는 그의 옆으로 가서 딱딱한 어깨를 부드럽게 주물렀다. 미끄러지듯 팔뚝으로 내려가서 꾸욱 힘을 주었다.

"같이 씻을래?"

"하지 마."

예민하게 일갈한 권현진이 저를 붙잡은 내 손을 노려봤다.

"너 이럴 때마다 내 몸 만지는 거, 엿같아."

일단 술병이라도 치우려고 손을 뺀다가 와인 잔을 떨어뜨렸다. 쨍그랑, 소리에 우리 둘 다 굳었다.

"비켜."

"내가 치울게."

"이나희. 비키라고."

"아니야, 내가 할 수 있어. 너 술 마셨잖아."

"내가 애냐? 와인 한잔 마셨다고 이거 하나 못 치우게?"

"다칠까봐 그러지."

"좀 다치면 뭐. 남잔데."

권현진은 사람을 부르는 대신 나를 옆으로 비키게 하고 자기가 직접 조각을 치웠다. 대처하는 자세가 조금도 취하지 않은 듯했다.

"현진아, 손 봐봐. 어디 베인 거 아냐? 나 때문에 어떡하지. 내가 잔 떨어뜨려서……"

나만 당황해서 안절부절못했다. 조용히 날 내려다보던 권현진이 순간 폭발했다.

"씨발, 내 걱정하는 척 좀 그만해!"

다시 시작된 우리의 연애에는 지난 이별의 편린이 묻어 있다.

"어떻게 하면 저 새끼 치워버릴까, 속으로 나 버릴 궁리만 하는 거 내가 모를 것 같아?"

그 파편은 깨진 유리처럼 날카로워서 우리의 의식과 무의

식에 또다시 이별할 수 있다는 의심을 심어줬다. 모든 재회한 연인이 그렇듯이.

"저 새끼 어디까지 하나 두고 보자, 그런 거잖아. 또 미쳐서 날뛸까봐 아무 말 못하고 있는 거 모를 줄 아냐고!"

또다시 우리에게 찾아온 이별의 기류를 그 역시 느끼고 있었던 것이다.

"이나희. 너, 나 불쌍해서 만나주잖아."

"그런 거 아니야, 현진아."

"그냥 솔직히 말해. 나랑 다시 만난 거 후회한다고. 어머니한테 미안해 죽겠다고 그냥 말하라고, 안 처먹고 시위하지 말고! 너 때문에 나 돌아버리겠으니까!"

"우리 요즘 너무 자주 싸우는 것 같다. 너 지금 너무 흥분했고, 우리 내일 다시 얘기하자. 아침에 올게."

레지던스를 나가려던 그때였다. 큭, 하고 목이 졸리는 듯한 소리가 작게 들렸다. 뛰어가보니 소파에서 권현진이 목을 움켜쥐고 인상을 쓰고 있었다.

"현진아, 왜…… 너 갑자기 왜 그래!"

목이 졸린 사람처럼 이마에는 식은땀까지 맺혔다. 식겁해서 119를 부르려는데, 그가 날 저지하곤 서랍을 가리켰다.

안에는 휴대용 네뷸라이저가 있었다. 일단 권현진을 내 무릎에 눕힌 뒤 네뷸라이저를 물렸다.

"이제 괜찮아? 숨 쉬어져?"

그가 아기처럼 날 올려다봤지만 눈빛만큼은 따가웠다. 사람을 아주 죽일 듯이 노려봤다.

"한국에 오는 게 아니었어."

"말하지 마. 숨부터 쉬어."

"너 만나기 전까지 나 아무 욕심 없었는데."

"쉿, 그만."

"너 같은 거 만나서…… 내 인생 다 조졌어."

권현진은 몇 번 더 길게 호흡하더니 내가 간절하게 쥐고 있던 네뷸라이저를 던져버렸다.

"나희야, 제발 나 좀 봐주라. 네가 한번만 봐줘."

권현진은 나에게 매달렸다. 자기가 뭘 원하는지도 모르고 무작정 내게 애걸했다.

"이찬희한테 하듯이 나한테도 져줄 수 있잖아, 어? 내가 너보다 어리잖아."

"알겠어. 알겠으니까."

"네 표정, 눈빛, 목소리, 너 말라가는 거, 전부 다 나를 미치게 해. 너 때문에…… 너 때문에 내가 죽을 것 같아."

제발 진정하라고 그를 다독였다. 권현진은 내 무릎 위에서 기도하는 사람처럼 눈을 감고는 구명줄 잡듯 간절하게 내 손을 붙잡았다. 나는 쉼없이 옆으로 떨어지는 그의 눈물을 닦아주었다.

"그때 네가 왜 나를 버리고 갔는지 알겠더라, 이나희."

한참 뒤에야 권현진이 차분하게 말했다.

"너를 사랑하는 사람이, 너한테 전부인 네 가족이…… 날 싫어해. 네 곁에 있는 나를 지우고 싶어해. 그러면 내가 사라져주는 게."

"괜찮아. 얘기 안 해도 돼."

"그게 옳은 거잖아."

그가 지금 어떤 기분인지 알고 있다. 12년 전, 나도 권현진과 똑같은 생각을 한 적이 있었기 때문이다.

"우리 할배랑 나 사이에서 힘들었겠다. 스물한 살 이나희."

나는 그의 얼굴을 끌어안았다. 내 밑에서 버석한 웃음이 터졌다.

"나희야."

권현진이 입매를 끌어올렸다. 그의 얼굴을 마주보며 나 역시 웃었다.

“우리, 시간을 좀 갖자. 당장은 내가 못 헤어져주겠고.”

내 입에서 나온 말이 아니었다. 권현진이 꺼낸 말이었다.

“너도, 나도…… 이제 끝낼 때가 된 것 같다.”

그 말을 듣고도 믿을 수가 없어서, 멍하니 그를 응시했다.

서울은 여전히 번쩍거렸다. 나는 강남 한복판에서 오래전 놓쳤던 인연을 다시 만났다.

“야, 이나희! 이게 얼마 만이야!”

신나서 날 끌어안고 방방 뛰던 지율이가 갑자기 훌쩍거리기 시작했다.

“씨…… 내가 너 얼마나 보고 싶었는데! 연락도 한 통 없고!”

“지율아, 나도 너 엄청 보고 싶었어.”

지율이는 당당히 언론고시에 합격하여 기자로 일하고 있었다.

“이나희, 나 진짜 서운해서 너 다신 안 만나려고 했다고.

알아?"

오늘의 만남이 성사되기까지 창진이의 공이 컸다.

"누구 참치 뱃살 드실?"

"저요!"

"오케이, 박지율 한 명. 참치 패스."

"야!"

어른이 되기 전, 마지막으로 순수했던 시절의 친구들이라 그런지 우리는 잠시 어색했던 것도 금방 잊었다. 같이 야자를 째고, 입시를 준비하면서 철없이 웃고 떠들었던 날들이 꼭 어제처럼 생생했다. 더는 교복 차림이 아닌데도 교실에서의 그때로 돌아간 것만 같았다.

그 시절 내 옆에 있었던 사람들 덕분에 그때의 내가 되살아난 기분이었다.

"봐봐, 김창진. 나희 진짜 옛날이랑 똑같지 않냐?"

"더 예뻐졌지. 긴 머리 완전 잘 어울림."

"짜증나지 않냐? 우리만 나이 잔뜩 먹었어."

술이 좀 들어가자 그때 비로소 내밀한 얘기가 나왔다.

"난 솔직히 나희가 도피 유학하면서 그 남자랑 사는 줄 알았어. 하도 연락이 없길래."

"어허, 박지율 취했네. 그 남자는 무슨, 참치나 드셔."

"야, 김창진. 너도 알잖아. 우리 학교 출신, 권진 장손. 왜 모르는 척하냐?"

멀리 앉아 있던 창진이가 일어서서 말리려고 했다. 하지만 지율이는 이미 혀까지 풀려서 인사불성이었다.

"아, 왜 그래! 나희랑 둘이 어떻게 된 건지 창진이 너도 궁금하잖아."

"지율아, 너 그거 어떻게 알았어?"

"어떻게 몰라. 너 갑자기 사라지고 그 남자가 우리한테 찾아왔었어."

권현진은 S대에서 이미 유명했다고 한다. 지율이는 두 번 놀랐다고 했다. 학교 게시판을 통해서 이미 알고 있던 사람이 자길 찾아와서 놀랐고, 그게 나 때문이었다는 걸 알고 한 번 더 놀랐다고.

"너 어디 있는지 아느냐고, 좀 알려달라고 나한테 막 캐묻는데, 와…… 너네 무슨 로미오와 줄리엣 찍는 줄 알았다."

"창진아, 너한테도 그랬어?"

"엉."

질겅질겅 노가리를 뜯으며 창진이가 덧붙였다.

“우리보다 연배가 밑이라길래 좀 놀랐지. 페이스가 노안은 아닌데, 분위기가 약간.”

“키 엄청 크던데. 그래서 그런 거 아냐?”

지율이와 창진이 둘이 주고받는 폼이 권현진에 대해서 잘 아는 모양이었다. 찬희에게 들어서 우리가 사귀는 것도 알고 있을 텐데, 조금도 티내지 않는 창진이에게 새삼 고마웠다.

“난 근데 권진 그분 별로 마음에 안 들더라.”

“하여튼 잘생긴 남자한테 질투는.”

“아니, 날 엄청 싫어하는 것 같더라니까? 박지율 너도 그 눈빛을 봤어야 하는데…… 아, 억울하네.”

“억울하긴. 남자들 질투가 이렇게 무섭다.”

“내가 그래서 우량주 살 때도 권진 전자 주식은 안 샀어.”

“야, 삐치지 마. 너 우량주 안 사잖아. 맨날 이상한 개잡주만 사면서.”

“박지율 진짜 말 이상하게 하네. 강아지 심장병 치료제 만드는 회사가 개잡주냐?”

“그래서 치료제 만들었어?”

“얘가 천만 애견인을 무시하네?”

“치료제 만들었냐고.”

"야, 나는 코앞의 푼돈이 아니라 대한민국의 미래에 투자하는 거야."

둘의 유치한 말싸움을 지켜보는 것만으로 웃음이 나왔다. 비행기 안에서도 권현진 때문에 머리가 아팠는데, 덕분에 잠시나마 그를 잊을 수 있었다. 하지만 내 앞에 놓인 소주잔을 가만히 바라보고 있으려니 또 그 얼굴이 아른거렸다.

"시끄럽고 이거나 드셔. 이 짭새 아저씨야."

지율이가 참치를 김에 싸서 참기름에 콕 찍어주자, 창진이가 크게 입 벌리고 받아먹는 폼이 퍽 익숙해 보였다.

"너는 남친한테 짭새가 뭐냐?"

불만스럽게 참치를 씹으면서 창진이가 말했다. 순간 눈이 확 떠졌다.

"뭐야, 둘이 사귀어?"

"엉. 봉사하는 셈치고 내가 그냥 받아줬다. 박지율이 하도 쫓아다녀서."

말도 안 되는 소리라고 생각했다. 그런데 지율이가 변명처럼 말했다.

"아니…… 솔직히 웃기잖아, 김창진."

절레절레 고개를 저으며 창진이가 덧붙였다.

"봐. 나처럼 희생정신 없이는 경찰 못해."

"나희야, 재 저러는 것도 진짜 귀엽지 않아?"

할말이 없었다. 저게 귀엽다고. 제 눈에 안경이라더니, 다 짝이 있는 거구나.

"어쩔 수 없어. 귀여워 보이는 순간 게임 끝이야. 너도 조심해, 나희야."

그때 동창 한 명이 핸드폰을 들어올렸다.

"이거 누구 핸드폰이야? 지금 전화 오는데……"

화면에 빨간 글씨로 발신자가 떠 있었다.

제주 경찰서였다.

—이정희씨 보호자 이나희씨 되시나요?

"네, 저희 엄마인데요. 엄마한테 무슨 일 생겼나요?"

—아, 이게 사건이 좀 복잡한데요……

아빠와 아빠 남동생이 '정희 손만두'를 찾아갔단다. 그때 식당은 이미 한참 전에 장사가 끝난 터라 다들 퇴근해서 비어 있었고, 2층에 엄마 혼자였다. 아빠는 장사 잘되는 게 본인 덕이라며 돈을 요구했다. 엄마가 거절하자 자식들 데리고 도망간 독한 년이라며 엄마의 뺨을 때렸다. 거기까지 듣는데 손이 막 떨렸다.

—이정희씨가 조상훈씨, 조동훈씨 두 분을 폭행으로 신고하셨어요. 또 두 분은 권현진씨를 폭행으로 고소했고요.

“네?”

갑자기 경찰관에게서 나온 이름에 당황스러웠다.

—지금 세 분이 다 서에 입건된 상황인데요. 이정희씨가 병원에서 치료받고 계셔서 전화드렸습니다. 저희도 사실관계를 좀 알아야 해서요.

제일 빠른 비행기가 내일 아침이라서, 나는 뜬눈으로 밤을 새웠다.

제주로 돌아가면서 별별 생각이 다 들었다. 권현진도 미련하기가 정말 보통이 아니었다. 헤어질 것처럼 말하더니 우리 엄마 식당에는 왜 갔는지. 한편으론 그가 그 순간에 거기 있어서 정말 다행이란 생각도 들었다.

아빠는…… 아빠라고 부르기도 싫었다. 그 인간은 대체 무슨 낯짝으로 엄마를 찾아갔을까? 거기다 돈까지 요구했다고 해서 기가 막혔다. 할 수만 있다면 내가 아빠를 죽이고 싶었다.

경찰서에 도착했을 때, 권현진은 거기 없었다.

"너…… 네가 나희니? 너 나희구나. 나희야, 아빠다. 아빠야!"

엄마의 전남편이었다. 30년 가까이 본 적 없는 사람이다. 놀라서 멈칫하는데, 안경 쓴 중년 남자가 다가와 서글서글하게 내게 말을 걸었다.

"안녕하세요, 권현진 본부장님 대리하는 변호사입니다."

"아, 안녕하세요."

어떻게 나보다 빨리 제주에 왔지? 아빠라는 인간에게서 눈을 떼고 명함을 받았다. 당연히 권진 건설의 변호사인 줄 알았는데, 아니었다. 전자 쪽 사람이었다.

나와 변호사는 경찰서 구석에서 목소리를 낮추고 대화했다.

"사장님 지시로 왔습니다."

아, 권승주 사장. 권현진이 폭행으로 경찰서에 입건되었다는 소식이 기자들에게 들어가면 아무래도 권진 이미지에 타격이 클 것이다.

"언론 때문에 잠깐 힘든 시기도 있었고, 건수를 물었다 하면 워낙 시끄럽게 떠들어대니까. 권진 행보에 안팎으로 다들 예민한 시기잖아요. 그래서…… 이해하시지요?"

"네."

변호사는 혹시라도 내가 합의를 어렵게 만들까봐 걱정인 듯했다. 권현진이 폭행한 조상훈은 어쨌든 내 친부이기도 하니까.

"이나희씨, 앉으시죠. 참고인 진술 받으려고 불렀고요, 저희가 여쭤보는 질문에 몇 가지만 답변하시고 귀가하시면 됩니다."

"나희야! 조나희!"

조상훈, 조동훈은 폭행을 당했다기엔 목청이 멀쩡했다. 권현진이 살살 때린 모양이다. 그 주먹에 제대로 맞았으면 지금 주둥이를 나불거릴 수 있을 리가 없다.

"아빠가 네 엄마랑 할 얘기가 있어서 잠깐 들른 거야. 너희가 그리워서 그래. 네 엄마가 얼마나 지독한지, 너랑 찬희를 안 보여주잖니."

엄마의 전남편은 주거침입이 절대 아니라고 부인했다.

"가족끼리 신고는 무슨 신고냐. 네 엄마가 내 마누라인데. 아빠, 너희들 생각 많이 했다. 너랑 찬희 보고 싶어서 그랬어. 아빠 아직도 너랑 네 엄마 무진장 사랑한다."

사랑? 그 간절한 호소에 오히려 피가 식었다.

"나희야, 엄마한테 전화해서 아빠가 전부 잘못했다고, 우리 지금이라도 다시 합치자고……!"

더는 역겨워서 들어줄 수가 없었다.

"경위님. 조상훈 저 인간이요, 어릴 때부터 저랑 제 동생이랑 엄마까지 가족 다 죽인다고 쫓아다니던 인간 말종이에요. 가족관계증명서 떼어보세요. 엄마랑 이혼하고 서로 안 보고 지낸 지 30년이 넘었고요, 지금은 다른 아줌마랑 사는데도 저래요."

"아니, 저년이 미쳤나. 형수는 대체 딸년을 어떻게 키운 거야!"

조동훈이 나를 삿대질하며 의자에서 일어서더니, 내게 와서 때릴 것처럼 위협했다.

"조동훈씨. 여기 경찰서입니다! 앉으세요!"

조상훈, 조동훈 형제를 진정시키느라 경찰서 안이 시끌시끌했다.

"벌써 몇 번이나 술 먹고 가게에 찾아와서 행패부렸다더라고요. 엄마 혼자 사시는 집에요. 증인이 한둘이 아니에요. 주거침입에 폭행에 가정폭력, 스토킹까지 다 포함해주세요."

"너 이 개 같은 년이 감히 아빠를 뭐로 보고……! 지 엄마 닮아서 사람을 이렇게 무시해!"

"형수나 딸년이나 아주 똑같네!"

"조나희, 너 어디서 배워먹은 버르장머리야! 아빠가 엄마 사랑해서 그랬다는데! 네년이 뭘 안다고 지껄여!"

조상훈이 제 동생과 함께 무시무시한 욕설을 내뱉었다. 어이가 없었다.

"아저씨, 나 당신 딸 아니야. 조나희 아니고 엄마 딸 이나희로 산 지가 벌써 30년이야."

감히 저 입에서 사랑을 운운하다니, 역겨웠다. 사랑이 들으면 억울해서 저 심장을 다 뜯어먹고도 남을 일이다.

"경위님. 명예훼손, 모욕죄까지 다 추가해주세요."

엄마는 권현진의 레지던스에 있었다. 엄마만 거기다 데려다놓고 그는 곧바로 출근한 듯했다.

"나희야! 어머, 너 얼굴이 왜 이렇게 홀쭉해졌어."

"엄마, 다친 데는 없어?"

"없어. 현진이가 하도 병원에 가라고 해서 그냥 간 거야."

"경찰이 엄마 뺨 맞았다던데."

"아니, 뭐…… 애한테 안 해도 될 얘기를 하고 그런대."

내가 속상할까봐 숨기려 했던 거다. 울컥했다. 수심이 가득한 엄마의 얼굴을 마주하자 거짓말처럼 마음이 싹 녹아내렸다.

"그나저나 현진이는 어떡하니. 출근해야 한다고 바로 갔는데. 잠도 못 잤을 텐데 큰일이네. 회사가 여기서 멀어?"

"걔 회사 서울이야."

"뭐? 현진이가 서울로 출근해?"

"출퇴근해. 지금 두 달 넘었어."

"주, 주말에만 오는 거지?"

"아니, 매일."

엄마는 경악했다. 나도 미친 짓이라고 생각했다.

"설마 너 본다고 지금 매일 그러는 거야?"

"그렇지 뭐."

"어머, 세상에! 미안해서 어떡하니. 어떻게 서울까지. 걔가 정말 제정신이 아니구나."

혀를 내두르면서도 엄마는 생각이 많아 보이는 얼굴이

었다.

"나희야. 엄마가 너무 창피해서…… 현진이한테 고맙단 말을 제대로 못했어."

창피할 만도 했다. 나도 변호사와 경찰 앞에서 창피해서 죽을 것 같았다. 권현진 눈앞에서 그 꼴을 보인 당사자는 어떻겠는가.

"그래서 그렇게 죄지은 사람처럼 꼼짝도 못하고 앉아 있었어?"

"내 집도 아닌데 그럼 어떻게 막 돌아다녀. 엄마가 여기 있어도 될지 모르겠다."

어색하게 주위를 돌아보던 엄마가 갑자기 테이블 아래 있던 리모컨을 무더기로 꺼냈다.

"여기 웬 리모컨이 이렇게 많더라. 이건 커튼 여닫는 거고, 이건 전동 스크린인지 뭔지. 천장에서 뭐가 내려오는데……"

신기하다고 설명하는 엄마의 얼굴이 약간 상기되어 있었다.

"엄마, 호텔 처음 와봐?"

"생전 처음이지. 평생 일만 하면서 살았지 엄마가 언제 이런 델 와봤겠어?"

호캉스도 한번 해본 적 없는 엄마가 새삼 짠했다. 서울 한

가운데의 재벌가에서 일하면서도 한남동 밖을 나가본 적이 몇 번 없는 사람이었다.

"오전에 사람이 와서 침대 시트 새걸로 싹 갈아주더라. 욕실 물기도 싹 닦아주고, 쓰레기도 가져가고, 바닥 청소도 해주고."

하우스키퍼가 매일 와서 룸서비스를 해주는 호텔식 시스템에 놀란 듯했다.

"조식 먹으라고 주방장이 직접 카트를 끌고 왔는데, 아주 무슨…… 아침식사인데 수라상을 차려왔어. 먹고 모자라면 뷔페도 있다고……"

"여기 야외 수영장이랑 스파도 있어."

"그래? 우리 가게 가까이에 이렇게 근사한 호텔이 있는지 엄마는 상상도 못했어."

만두를 먹으러 온 젊은 손님들한테 호텔에서 머문다는 얘기나 전해들었지, 막상 이 호텔에 직접 올 생각은 해본 적도 없었던 것이다.

"어쩐지 식당 부지 팔면 토지 보상 거하게 받을 거라고 하더라."

"엄마 전남편이 그래?"

"응, 네 아빠가 돈 내놓으라고."

우리 둘 다 '내 아빠, 내 남편' 소리를 하기 싫어서 치를 떨었다. 내가 한 번만 져주기로 했다.

"아빠는 대체 왜 엄마한테 돈을 달래? 맡겨놨대? 양육비도 한 푼 안 줘놓고서."

"양심이 없는 인간이야. 시모가 나한테 요리 가르쳤다고, 다 자기 덕에 식당이 잘되는 거란다."

"미친 소리네. 아빠가 아직도 엄마 사랑한다고 그러더라."

"옛날부터 개소리만 특출났어. 같이 사는 여편네한테나 잘하지, 어휴. 등신."

나도 그 입으로 사랑을 들먹일 땐 뻔뻔스러워서 욕이 나올 뻔했다.

"쫓아다니면 다 사랑이니? 그거 절대로 사랑 아니야. 네 아빠 그럴 때마다 아주 진저리가 나. 괴물 같아."

갑자기 엄마가 내 눈치를 봤다.

"엄마가…… 그래서 현진이한테도 너 포기하라고 한 거야."

엄마 입에서 먼저 권현진 얘기가 나온 적은 처음이었다.

"너 하와이에서 갑자기 어디로 갔냐고 제발 알려달라고 아주 사정사정하는데, 어휴. 엄마는 네 아빠가 생각이 나서."

하와이에서 겨우 적응하려는 찰나, 갑자기 이주하게 됐다는 얘길 듣고 엄마는 분통을 터뜨렸다. 그때 그 분노와 원망의 화살이 권현진에게 향했던 것이다.

"그래서 나한테 절대 연락하지 말라고 했어?"

"그랬지. 네 아빠처럼…… 끔찍한 짓 하지 말라고."

아, 이제야 퍼즐이 맞춰졌다. 그가 나 몰래 유학 뒷바라지를 하면서도 차마 내게 연락하지 못했던 이유를.

나는 그동안 권현진의 마음이 식었기 때문이라고 오해했다. 그 오랜 시간 인내하고 기다렸던 그의 진심을 다른 사람도 아닌 내가 곡해했다.

"바보 아니야? 말을 안 하는데 내가 어떻게 알아. 당연히 모르지……"

나는 권현진이 나 몰래 장학금을 대주고 있었던 사실, 뒤에서 챙겨준 일들을 하나씩 얘기하며 펑펑 울었다. 전말을 들은 엄마는 완전히 얼이 빠졌다.

"걔는 생색도 낼 줄 몰라. 지가 무슨 키다리 아저씨냐고. 그래놓고 헤어지재."

"뭐?"

"내가 너무 힘들어 보인대. 그래서 괴롭대."

"나희야, 엄마가 미안해. 너 한국에 없을 때, 엄마 소원은 그냥 네 얼굴 보면서 사는 거 그거 하나밖에 없었는데……"

엄마가 울었다. 나도 마찬가지였다.

"나희야, 엄마 진짜 갱년기인가봐."

일만 하느라 나이드는 줄도 모르고 살았던 엄마. 그런 엄마가 너무 안쓰러웠다.

"이모들이 너 괴롭히는 거라고 그래서, 엄마 반성 많이 했어. 엄마 차단한 거 이제 풀어. 응?"

우리가 서로 얼굴도 안 보고 통화도 안 한 지가 벌써 한 달이 넘었다. 다른 번호로 걸려온 전화도 꽤 있었는데 나는 일절 받지 않았다.

"맘 같아선 네 오피스텔에 쳐들어가고 싶은데, 그랬다간 네가 집 나간다니까. 코앞에 두고 가보지도 못하고 어찌나 애가 타는지."

"엄마, 현진이는 12년을 그렇게 살았어."

뻗으면 닿을 듯한 그 실낱같은 희망은 사람을 미치게 한다. 오아시스를 찾아 사막을 걷는 것처럼 미련한 짓이었다.

"걔는 나한테 잘못한 거 없잖아."

"엄만 네가 너무 보고 싶어서 그랬지. 너도 자식 뺏겨봐. 그 집안사람들 다 미워. 아주 꼴도 보기 싫어."

나는 가방에서 차 키를 꺼냈다.

"이거 현진이가 엄마 주라고 하더라. 섬에서 차 없으면 안 된다고, 엄마랑 똑같은 말 했어. 내가 엄마 차 뺏어서 타고 다니잖아."

얼떨떨한 눈으로 엄마가 차 키를 받았다. 손안의 키를 들여다보면서도 눈빛은 가시방석에 앉은 듯 불안해 보였다.

"그래 보여도 걔가 생각이 깊은 애야."

"그래 보이긴 뭘…… 어릴 때도 얼마나 착했는데."

"엄마, 솔직히 현진이가 착하진 않았지. 맨날 뭐 깨부수고 그랬잖아."

"그건…… 가끔 그랬지. 말도 얼마나 잘 들었는데……"

우물쭈물하면서도 엄마가 은근히 권현진의 편을 들었다. 간밤의 일을 이야기하면서는 권현진의 영웅담이 절정에 달했다.

"네 아빠랑 조동훈이 돈 내놓으라고 내 멱살을 잡고 막 흔드는데, 갑자기 현진이가 달려와서 주먹을 확 날리는 거야! 엄만 너무 놀랐어. 사람이 그냥 달라 보이더라."

엄마 주위엔 권현진 같은 남자가 없었다. 찬희도 타인에겐 점잖은 선비 과였다. 친한 사람한테만 촐랑거리고, 밖에선 큰소리 한번 내지 않는 스타일이다.

"워낙 순하니까 샌님인 줄 알았지."

"엄마…… 순하긴 걔가 어디가 순해."

"큰 도련님 어릴 때는 순했어. 말수도 잘 없고."

찬희에 비해 말이 없긴 하지. 그래도 엄마가 생각하는 권현진과 내가 아는 권현진 사이에 갭이 너무 큰 것 같다.

"걔가 그 덩치에 샌님이겠어? 성질을 얼마나 부리는데."

"너한테 그래?"

"나한테는 잘하지."

실수했다. 엄마가 걱정할 만한 부분이었다.

"가끔 누나라고도 부르고."

"현진이가 너한테 누나라고 불러?"

"지가 내키면 가끔 그래. 나보다 어리잖아."

"아니, 그래도 그렇지. 찬희도 있는데 너한테 누나라고 하면 어떡해."

엄마는 부부 사이에 아내가 남편을 오빠라고 부르는 것도 주책이라고 싫어했다.

"나희야, 너랑 둘이 있을 때만 그러라 그래. 밖에서 사람들이 들으면 네가 엄청 나이 많은 줄 알아!"

"그럼 나 현진이랑 계속 만나도 돼?"

"뭐…… 어떡하니. 그렇게 네가 좋다는데."

매일 서울로 출퇴근하는 게 어지간한 마음으로는 가능한 일이 아니라고 했다.

"걔가 어릴 때부터 너를 참 열심히 따라다녔어. 엄마는 형제, 남매가 없어서 그런 줄 알았지."

그날 밤, 우리 모녀는 많은 대화를 나눴다. 주로 권현진과 나의 일대기였다.

"그래, 현진이가 너한테 참…… 잘해주네."

"2년만 기다리려고 했는데 내가 박사까지 하고 싶다고 해서 4년을 더 참았대. 엄마는 나랑 통화할 때마다 빨리 한국에 들어오라고 화내고 닦달했잖아."

"그야…… 그거야 엄마는…… 네가 너무 보고 싶으니까 그랬지."

"걔는 늘 내가 최우선이야. 말이 아니라, 행동이 그래."

나 자신보다 상대를 더 생각하는 마음. 희생하고도 희생인 줄 모르고, 나눠주고도 아까운 줄 모르는 것. 이 혼탁한 세상에서 그렇게 확실하고 귀한 건, 딱 하나뿐이었다.

"나희야. 그건 현진이가 너를 정말 사랑하는 거야."

결국에는 엄마도 인정할 수밖에 없었다.

우리 모녀는 감격의 화해를 했는데, 막상 권현진에게선 연락이 없었다. 시간을 갖자고 했으니, 어쩌면 제주에 안 올 수도 있다고 생각했다.

그런데 자정이 넘어서 전화가 왔다. 낯선 번호인데도 어쩐지 받고 싶었다.

—늦은 시간에 죄송합니다. 권현진 이사님 수행하는 최창민이라고 합니다. 일전에도 뵌 적이 있는데요.

그의 수행 비서였다. 권현진이 인사불성으로 취해서 헤븐리 호텔에 누워 있다고 했다. 레지던스에 엄마가 있어서 호텔로 간 듯했다.

—이사님이 혼자 있겠다면서 저보고 가라고 하셨는데, 아무래도 누가 옆에 있어야 할 것 같아서요. 실례를 무릅쓰고 연락드렸습니다.

권현진의 심리 상태가 위태로운 걸 비서도 잘 아는 듯했다. 급히 호텔로 가자 비서가 정문 앞에서 날 기다리고 있었다.

"사실은 이틀 전에도 운동중에 호흡곤란이 와서 사고 날 뻔했거든요."

이틀 전이면 나와 싸우고 시간을 갖기로 한 다음날이다.

"안색이 너무 안 좋으셔서 제가 운동 가지 마시라고 말렸는데…… 이사님이 안 들으셨어요."

"원래 그렇게 자주 증상이 있었나요?"

"아니요, 작년까지는 거의 없었고요. 딱 한 번 봤나? 근데 올해 초부터 갑자기 잦아지셔서…… 원래 불편하시다고 수행을 따로 안 두셨거든요."

간헐적인 호흡곤란 증상 때문에 수행 비서가 제주까지 따라다닌 것이었다. 그것 또한 의사의 강력한 권유였다고 했다.

"김 교수님도 원인을 정확히 모르시더라고요. 그냥 스트레스가 너무 심하셔서 그런 거라고. 사우디 수주 때문인지…… 상담도 안 가려고 하시고요. 원래 잘 다니셨는데."

전부 나 때문이다. 참담한 기분에 말문이 막혔다. 조용한 나를 보고 비서가 당황했다.

"혹시 제가 괜히 연락드린 걸까요?"

"아니에요. 전화 잘 주셨어요."

"사실은 박상현 대리한테 인수인계하면서 들었거든요. 이사님이 만나시는 분이 있다고."

그땐 우리가 사귀기 전이었다. 내 오피스텔까지 계약해둔 권현진이 우연히 마주친 척 처음 접근했을 때. 아마 비서라면 정확히 얼굴은 몰랐어도, 나의 존재는 알았을 것이다.

"이사님은 그런 말씀 안 하셨는데, 마주치자마자 박 대리가 알았다고 하더라고요. 근데 저도 처음 얼굴 뵙고 바로 알겠더라고요."

"얼굴만 보고 어떻게요?"

"그냥…… 첫사랑처럼 생기셨더라고요."

비서는 내게 이것저것 당부하며 호텔 카드 키를 건네줬다. 나는 가방을 어깨에 잘 걸친 뒤 호텔 안으로 들어섰다.

우리의 연애는 주위에 있는 모두를 괴롭게 했다. 이제는 나도, 권현진도 이 지난한 고통을 끝낼 때가 됐다. 그리고 이 연애를 진짜로 끝낼 수 있는 사람은 나뿐이었다.

제15장
우리를 구원한 것은

그는 일반 객실에 있었다. 문을 열고 들어서자 알코올냄새가 진동했다. 권현진은 팔 하나를 이마에 얹고, 잔뜩 인상을 쓴 채로 침대에 뻗어 있었다. 여전히 정장 차림 그대로였다.

“가라. 짜증난다.”

재킷이라도 벗겨주려는데 눈을 감고 있던 그가 나직이 말했다.

“이런 모습 보여주기 싫어서 그래.”

“취한 척하지 마, 권현진.”

“많이 마셨어.”

“알아. 근데 너 지금 멀쩡하잖아.”

그가 입을 연 순간 나는 바로 알았다. 권현진이 제정신이라는 걸.

"취했다는 사람이 양치질할 정신은 있어? 어떻게 그 나이 먹도록 이렇게 앙큼할까. 예전이나 지금이나 너는 참."

스르륵 눈을 뜬 권현진이 지척에 있는 날 응시했다.

살짝 젖은 눈망울과 날카로운 턱선, 높은 콧대. 수척해진 얼굴조차 근사했다. 특히 아무 말 않고 입을 다물고 있으니까 훨씬 잘생겨 보였다.

나도 모르게 그의 뺨에 입술을 갖다댔다. 마른 입술을 매만지다가 자연스럽게 입을 맞췄다. 가벼운 입맞춤이 끝나자마자 권현진이 몸을 일으켰다.

"사람 이렇게 다루려고 하지 마."

머리를 쓸어넘긴 그가 세차게 쏘아보며 나를 몰아붙였다.

"넌 매번 이런 식이야, 이나희. 애 달래듯이, 적선하듯이! 그렇게 스킨십하는 거 지긋지긋해."

"권현진."

어이가 없어서 헛웃음이 터졌다. 가만히 들어줄 수가 없었다.

"너는 왜 내가 애정 표현하면 그대로 안 받아들여?"

"이게 애정 표현이냐?"

"적선이다, 달래는 거다, 왜 그렇게만 생각하냐고."

"넌 우리가 싸울 때만 나 만지려고 하잖아. 그거 얼마나 엿같은지 알아?"

"우리가 안 싸울 때가 대체 언젠데. 사이좋은 순간이 길기나 했어? 네가 매일, 매 순간 시비잖아!"

"야. 이나희."

"오늘만큼은 좀…… 이러기 싫었단 말이야, 진짜."

단단히 결심하고 왔는데 결국 또 싸웠다. 그게 속상했다. 권현진의 살짝 마른 듯한 얼굴도 끝내는 나를 울렸다.

"울지 마. 어? 나희야…… 너 울면 내가 미치겠어서 그래."

그렇게 신경질을 부리더니, 일그러진 내 얼굴을 보고는 곧바로 수그러들었다. 눈물을 닦아주려는 손을 내가 치워냈다. 그는 비 맞고 쫓겨난 들개처럼 가련하게 날 쳐다봤다.

"너랑 내가 왜 계속 싸우는지 알아?"

"……"

"우리가 연애해서 그래. 사귀니까."

연애의 끝은 이별, 아니면 결혼뿐이므로.

"권현진. 우리 이제 연애 그만하자."

"헤어지자고?"

"이거 봐. 네 머릿속에는 우리가 헤어진다는 미래만 있어. 그래서 나랑 줄기차게 싸우는 거야."

"지금 그 얘기 하려고 왔어? 헤어지자고?"

"생각할 시간 갖자고 말한 사람, 내가 아니라 너야."

처음 손잡은 것도 나고, 처음 끌어안은 것도 나고, 처음 뽀뽀한 것도 나다. 심지어 다시 만나보자고 한 것도 나였다.

저 멍청이는 이별의 암시만 먼저 줬다. 그래놓고는 세상이 무너진 것 같은 얼굴이다. 눈망울이 세차게 흔들리면서 축축한 물기가 어렸다.

나는 금방이라도 도망칠 듯한 그의 손을 붙잡았다. 앉아서 차분히 대화를 나누고 싶었다.

"현진아, 너는 왜 내 마음을 의심해?"

"……나 네 말 못 듣겠다."

미간을 좁힌 권현진은 내 팔을 뿌리치고 그대로 침대를 나가버렸다.

다행히 객실 문이 열리는 소리는 들리지 않았다. 밖이 너무 조용해서 나가보니 그가 없었다. 테라스도 비어 있고, 욕실 문틈 사이로 빛이 새어나오고 있었다. 열린 문을 밀고 들어서자, 네뷸라이저를 물고 다른 손으로 벽을 짚고 선 권현진이 보였다.

미운 소리를 해서 화가 나다가도 저런 모습을 보면 가슴이 아팠다.

나는 온몸으로 그를 안았다. 얼마 지나지 않아서 권현진의 호흡이 일정해졌다.

"나희야. 나 너랑 진짜 못 헤어지겠다. 생각만 해도 미칠 것 같아."

권현진이 내 머리를 끌어안고 그 위에 얼굴을 파묻은 채 고개를 흔들었다.

"나 좀 살려줘. 제발 나 데려가."

"이럴 거면서 끝내잔 말은 왜 했어? 감당도 못할 거면서……"

"그럼 어떡하라고. 네 인생에서 내가 꺼져줘야 할 것 같은데!"

살며시 밀어내자, 권현진은 허겁지겁 나를 더 꽉 끌어안았다.

"네 가족이 나 싫어하잖아. 나 때문에 네가 어머니랑 이찬희랑 싸우는데. 너 마음 아파하는데. 나보고 뭘 어떡하라고!"

"우리 얼굴 보고 대화하자. 응?"

"헤어지기 싫어."

"헤어지자고 안 했어…… 바보야."

"네가 힘든 건 더 싫어. 그 꼴 보느니 영영 너 안 보는 게 나아."

"너 말 진짜 안 듣는다."

기가 막혀서. 저럴 거면 귀는 대체 왜 달고 다니는 거야.

"하나만 물어보자."

"……"

"우리 엄마가 나한테 연락하지 말라고 해서…… 그래서 그동안 너 나한테 아무 연락 못했던 거야?"

기약 없는 희망. 어쩌면 언젠가 모든 게 제자리로 돌아올지 모른다는 바람. 다 끝난 연애에서, 혼자 남은 사람에게 그게 얼마나 지독한 고통인지 나는 알고 있다.

이별하지 못한 이별에서 진통제 찾듯 희망을 끌어안고 자책과 원망을 되풀이하고, 환상 같은 그리움을 앓으면서. 권현진은 자해나 다름없는 그 잔인한 고문 속에서 몇 년을 살았다.

"너 왜 말 안 했어?"

"다 지난 일이잖아."

"왜 말 안 했냐고 물었어."

"그걸 뭐하러 말해. 이나희 또 울리려고?"

권현진은 가시 돋친 말로 따갑게 나를 찔러대다가도 내가 약해지는 순간 숨겨버린다. 그리고 세상에서 가장 부드러운 목소리를 낸다.

"나 괜찮아. 울지 마, 나희야. 너 울면 나 가슴 아파."

"그것도 모르고 너 원망했단 말이야, 바보야. 너는 우리 엄마가 안 미웠어?"

"어. 하나도 안 밉던데."

"어떻게 안 미워? 나는 엄마 미웠는데……"

"너 낳아주신 분이잖아. 어머니 아니었으면 나 너 못 만났다."

"……나 만나서 인생 조졌다며."

"어, 그것도 맞는데. 근데 너 안 만났으면 어차피 의미 없는 거였어, 내 인생."

울다가 웃음이 터졌다.

"나 이제 너랑 연애 안 할 거야, 권현진."

나는 주머니에서 상자를 겨우 꺼냈다. 몸이 찰싹 달라붙어 있어서 쉽지 않았다.

"너랑 결혼할 거야."

"어? 뭘 한다고?"

"프러포즈를 여기서 할 줄 몰랐는데."

"뭐……?"

"서울 갔다가 종로에서 샀어. 백화점 브랜드는 아니야."

내 손바닥에 놓인 하얀 상자를 열었다. 욕실 조명에 반지가 반짝거렸다.

"너랑 어울리고 말고, 수준이 어떻고 그런 거 나 이제 신경 안 쓰려고. 네가 좋아하는 사람이 난데 그게 다 무슨 상관이야."

"……"

"나랑 결혼하자, 현진아."

권현진은 반지만 쳐다봤다. 누가 보면 다이아몬드에 영혼이 빨려들어간 줄 알겠다. 눈을 감으면 반지가 사라지는 것도 아닌데, 그는 눈 한번 깜빡이지 않았다.

"결국 프러포즈도 내가 하네. 커플링 거절한 전적이 있으니까 참는 줄 알아."

나는 그가 감히 손도 대지 못하는 반지를 상자에서 꺼냈다. 그러곤 그의 왼손 네번째 손가락에 끼워줬다.

권현진은 이제 제 손의 반지만 쳐다보더니 뒤늦게 입을 열었다.

"……이찬희는?"

"찬희가 갑자기 왜 나와?"

"이찬희…… 결혼식 안 온다던데."

나한테 그렇게 난리를 피우더니 결국 권현진에게도 연락했나보다. 둘이 결혼해도 결혼식은 안 가요, 뭐 그따위 발언이었나.

"너 이찬희랑 결혼할 거야?"

"아니…… 나 너랑 할 건데……"

"그래. 내 결혼식이야. 찬희 안 와도 돼."

우리가 보란듯이 예쁘게 사는 모습을 보여주면 된다. 둘 다 행복해지면 된다.

"보여주자. 우리 선택이 틀리지 않았다는 거."

"나희야…… 나 지금 이게 믿기지 않아. 나 술 안 취했지? 너 거짓말 아니지?"

"안 취했고, 거짓말도 아니야."

권현진은 사랑을 아프게만 배웠다. 기적을 일으키는 그 고귀한 감정에 기쁘고, 벅차고, 따스함이 있다는 걸 모른다. 저

애한테 사랑은 심장을 비트는 고문 기구라 눈물만 뽑아내는 줄 안다. 다 내 책임이었다.

"이거 반지 맞아?"

하다 하다 제 손에 끼워진 반지까지 의심하는구나. 그게 웃기기보단 짠했다. 미안했다. 강제로 이별하고 나서 그게 제일 미안했다. 사랑하는 사람에게 신뢰를 심어주지 못한 것. 그를 배신한 것.

"좋아한다고 말 못한 거 후회했어. 너만 몰랐나봐. 네가 내 첫사랑인데……"

"내가? 나?"

"응. 나 너 되게 좋아해, 현진아."

"아닌데. 너 어릴 때부터 나 싫어했잖아."

"아니, 나 예전부터 너 좋아했어."

나는 갖고 싶은 걸 포기하는 삶이 너무 익숙했다. 아주 어렸을 때부터 그랬다. 갖고 싶은 가방이나 옷이 생기면 일부러 쳐다보지 않았다. 친구들이 들고 다녀도 못 본 척했다. 그리고 속으로 말했다. 나는 원하지 않는다고.

내겐 권현진도 그랬다.

우린 달라.

"우린 너무 달라."

우린 어울리지 않아.

"우린 정말 어울리지 않아."

"……"

"그렇게 수없이 되뇌었는데도…… 결국 놓지 못했던 게 너야."

내게 포기하는 건 갖는 것보다 쉬웠다. 주어진 모든 게 그랬다. 그렇게 하지 못했던 건 권현진이 유일했다. 나를 속이려고 아무리 애를 써도 안 됐다. 권현진은 심장에, 머릿속에 들러붙어서 주인도 아닌 내 몸과 마음을 지배했다.

"너는 한순간도 포기가 안 되더라, 현진아."

그래서 숨겨지지도 않았다. 너무 아팠을지언정, 그것만이 유일하게 나를 위로하는 고귀한 감정이었기 때문에.

"사랑해, 권현진."

너를 잃으면서 깨달았다. 내게 가장 소중한 것은 너를 향한 사랑이었음을.

"다신 헤어지지 말자."

우리는 서로의 눈물을 닦아주고 애틋하게 포옹했다.

내가 생각해도 멋진 고백이었다. 이 정도면 연상으로서 체면을 지켰겠지. 장소는 구리지만…… 감동을 더 느끼고 싶어서 눈을 감았다.

그런데 그 순간 단단한 뭔가가 꿈틀거리며 명치를 두드렸다. 도저히 모른 척할 수 없을 만큼 강력했다.

"야, 권현진."

프러포즈의 여운이 채 가시기도 전이었다.

"넌 어떻게 사람이 이렇게 진지하게 고백하는데."

"아니, 내가 일부러 세웠냐? 얘가 그냥 섰어."

"둘이 상의를 해야지."

"씨, 나도 그게 좀 됐으면 좋겠다."

우리는 아마 잘살 거다. 저런 대답조차 귀여운 걸 보면, 분명 그렇다.

"침대로 가자."

나는 그의 목에 팔을 둘렀다.

그날, 프러포즈의 위력은 어마어마했다. 만약 또다시 사랑을 고백하면, 그날 나는 몸이 부서지고 권현진은 영혼이 다 녹아내릴 것이다. 그렇게 부서지고 녹아서 우리가 하나가 될 수만 있다면 나는 기꺼이 껍질을 잃고, 또다시 사랑을 외치리라.

에필로그

"무슨 다이아가 이렇게 작아."

"남자 건 원래 작아."

"이거 큐빅 아니야?"

"아니거든?"

권현진은 날 엄청나게 구박하면서도 내가 준 반지에서 눈을 떼지 못했다.

"되게 반짝거리긴 한다. 그치."

내가 잠들기 전까지 반지를 쳐다보고 있던 그는, 자다가 눈을 떴을 때도 여전히 반지를 들여다보고 있었다. 왼손을 조명을 향해 들어올린 자세도 똑같았다.

"아니, 이나희는 성의가 너무 없어."

그러곤 오직 반지에 시선을 꽂은 채 히죽거렸다.

"알은 작고, 링은 얇고."

"너…… 내 월급이 얼만지나 알아?"

반지를 급하게 산 건 사실이다. 할말이 없었다. 어릴 때부터 백화점을 드나든 권현진은 눈썰미가 좋았다.

"자세히 보아야 예쁘다. 오래 보아야 사랑스럽다. 너도 그렇다, 내 반지야."

"……"

"넌 대충 봐도 예쁘고."

그가 힐긋 날 곁눈질하더니 바보처럼 실실 웃으면서 자꾸만 장난을 걸었다.

"근데 나희야. 아무리 자세히 봐도 다이아가 잘 안 보인다."

"반지 내놔."

"누나. 장난인데요."

"내놓으라고."

"어떻게 돌려주냐? 내 손에 이렇게 잘 어울리는데."

나를 놀리면서 키득거리는 얼굴이 너무 행복해 보였다. 피곤할 만도 한데, 그런 기색이 전혀 없었다. 다이아몬드가 박힌 권현진의 눈동자가 얼마나 반짝거리는지 여덟 살 꼬마 같았다.

"와, 다이아가 진짜……"

"한 번만 더 작다고 하면 뺏는다."

"알겠어, 나희야. 진짜 작다고 안 할게."

그는 반지를 한참 들여다보면서 웃었다. 그게 너무 멍청하고 미련해 보이면서도 귀엽고 짠했다.

"다이아가 참 가녀리다."

"내놔."

침대에서 반지를 뺏으려는 나와 안 뺏기려는 권현진의 몸싸움이 이어졌다. 그가 박장대소를 터뜨리며 아이처럼 즐거워했다. 저렇게 신나게 웃는 얼굴은 처음이었다.

"알이 뭐 얼마나 큰 걸 원하는데."

"왜요. 큰 걸로 다시 사주시려고요?"

"작아서 불만이라며……"

"됐고, 네 건 어딨어."

내 것도 꺼내서 보여주자, 권현진은 제 것처럼 또 한참을 봤다.

"엄청 작다. 이게 네 손에 맞는 거지?"

"응."

"진짜 귀엽다. 껴봐."

나는 반지를 낀 내 손을 권현진의 손등 위에 얹었다. 나란히 있는 우리 손이 참 예뻤다.

"나희야. 우리 되게 잘 어울린다."

"나도 지금 똑같이 생각했는데……"

권현진은 내 손을 양손으로 부둥켰다. 절대 놓지 않겠다는 듯이.

"너 서울 가서 권승주 사장님한테 안 혼났어?"

"완전 깨졌지. 그 인간 성질머리 장난 아냐. 미친놈이야, 완전."

모로 누워서 가만히 나를 들여다보는 눈망울이 애틋했다. 다이아몬드가 그 안에 들어갔는지 눈이 반짝반짝했다.

"결혼식에 어머니도 안 오시려나……?"

"우리 엄마 마음 다 풀렸어. 너 어릴 때부터 착하고 잘생겼다고 좋아했거든."

"진짜?"

"응. 근데 우리 호칭은 정리하라고 하더라."

"나 정리하라고?"

그가 움찔 고개를 들었다. 거북이 보고 놀란 가슴 솥뚜껑 보고 놀란다더니 딱 그 짝이었다.

"아니, 호칭. 호칭 정리하라고."

"호칭 어떻게?"

"자기야. 여보. 뭐 그렇게 부르라던데."

헉, 놀란 숨을 들이켠 그가 입가를 가린 채로 굳어졌다. 쇄골부터 이마까지 새빨갛게 달아올랐다. 별생각이 없던 나도 코앞에 있는 권현진 때문에 부끄러워졌다.

"못 들었는데…… 뭐라고?"

"자기야."

"다시 해봐."

"여보."

"다시."

"이제 그만해, 자기야?"

권현진이 세상 더없이 행복하게 웃으며 내게 안겨들었다. 그러곤 귀에 대고 "자기야. 자기야. 자기야" 쉴새없이 속삭였다.

"나희야, 사랑해."

"응, 여보."

권진가 4세 권현진 '연애결혼'

권진가 4세 권현진 본부장이 올가을 웨딩마치를 올린다.

파인아트를 전공한 예비 신부는 골드스미스 대학교에서 박사 과정을 마치고 B여자대학교 전임교수로 재직중인 뛰어난 미모의 재원으로 알려졌다.

두 사람은 런던 유학 시절 만나 오랜 연애 끝에 아름다운 결실을 맺었다.

예고했던 대로 기사가 떴다. 내용을 확인하다가 엄마의 감탄에 핸드폰을 닫았다.

"나희야, 엄만 이렇게 큰 다이아몬드는 생전 처음 본다. 이거 대체 몇 캐럿이니?"

"5캐럿."

권현진은 결국 다른 결혼반지를 사왔다. 내가 산 반지는 가드링으로 끼기로 했다.

"나희야, 반지 그거 끼고 다니지 마. 얇은 거 하나만 해."

"안 끼면 신경질 내. 맨날 끼고 다니래."

"그러다 잃어버릴라."

"잃어버리면 다시 사준대. 엄마, 처방전은?"

"아직 안 나왔어, 누나."

나와 찬희는 엄마를 모시고 서울병원에 왔다.

한라 미술관 계약직이 6개월 남은 시점에 리황에서 정규직 자리를 제안받았다. 내가 바라던 일이긴 했지만, 제주관이라서 고민이 되었다. 만약 권현진의 입김이 들어갔다면 당연히 서울 본관으로 발령났을 텐데, 그렇지 않았기에 더욱 리황에 마음이 갔다.

고민하던 그때 조교수 오퍼가 들어왔다. 비록 교양 교과목 강의전담 자리지만 정년트랙으로 전환이 우선시되는 조건이었다. 게다가 B여대였다. 문화부 기자인 지율이의 소개라 거절할 이유가 없었기에 나는 당장 짐을 싸서 서울로 왔다.

엄마는 '정희 손만두'를 보상금 두둑이 받고 파는 대신, 같이 일하던 이모님께 넘겼다. 엄마와 친자매 이상으로 친하게 지냈던 분이었다.

"돈보다 사람이 훨씬 중요한 거야, 나희야."

엄마는 평생 돈만 벌던 사람이었다. 그런 엄마에게 더이상 돈이 우선순위가 아니게 되었다. 그 사실만으로 나와 찬희는 기뻤다.

"현진이가 참 잘 컸어."

류머티즘 때문에 병원에 다니면서도 엄마는 나만 보면 권현진을 칭찬했다.

"어쩜 그렇게 공손하고 의젓하니."

"엄마…… 혹시 다른 사람 만난 거 아니야?"

"나희랑 결혼시켜주셔서 고맙다고, 세상에 현진이가 얼마나 말을 예쁘게 하는지. 착하고, 겸손하고."

"엄마 지금 다른 사람이랑 착각하는 것 같아. 걔 현진이 아니야."

"나희야. 권 서방에 비하면 너는 철이 너무 없어. 남편 놀리기나 하고."

"현진이도 나 많이 놀려."

"권 서방은 네가 너무너무 잘해준다고 그래. 네 자랑만 얼마나 입 아프게 하는지 엄마가 민망할 정도야."

"와, 권 서방이 뭐야."

엄마 대신 처방전을 받아온 찬희가 투덜거렸다. 여름방학 중이라 평일에도 시간이 널널했다.

"나는 현진이 형 별로 마음에 안 드는데."

"내 남편이 마음에 안 들면 어쩔 건데. 네가 결혼할 거야?"

내가 째려보자 찬희는 얼른 주제를 바꿨다.

"근데 엄마가 무슨 S클래스를 끌고 다녀? 그것도 풀옵션을."

"우리 권 서방이 사준 거야, 찬희야."

"참 나, 그 형은 돈을 왜 그렇게 펑펑 쓰냐? 누가 재벌 아니랄까봐."

나와 엄마의 반응이 좋지 않자 찬희가 작게 궁얼거렸다.

"나는 엄마한테 스파크 사줬는데. 쪽팔리게."

그러나 말과 달리 찬희는 이미 내 결혼을 찬성하는 쪽으로 마음이 기울었다.

"생각해보니까, 나는 누나가 뭔가를 원한다고 말하는 걸 들어본 적이 없더라고. 현진이 형 말고는."

찬희가 먼저 우리를 찾아와 담담히 고백하고는 권현진에게 사과하고 화해를 청했다. 내 동생이 이렇게 착하다.

"어릴 때부터 누난 뭐 갖고 싶다고 떼쓴 적도 없잖아. 엄마가 학원 보내준다고 했을 때도 나한테 다 양보하고, 맛있는 거 있으면 나부터 주고…… 근데 내가 어떻게 반대하냐? 내가 뭐라고."

셋이 같이 밥을 먹고 나서, 찬희가 말했다.

"누나가 형을 진짜 좋아하는 것 같다. 눈이 정말 그러네. 현진이 형을 쳐다볼 때만 막 빛나. 살아 있는 것 같아."

아무래도 초등학교 선생님인지라 찬희는 관찰력이 좋은 편이었다.

"동태 눈이 갑자기 생태 눈이 된달까?"

이 말만 하지 않았어도 나한테 등짝을 얻어맞진 않았을 텐데.

"엄마, 현진이가 같이 저녁 먹자고 하네."

내 일정을 알고 있던 그가 메시지를 보냈다.

"오늘? 아유…… 오늘 안 돼. 오늘 줌바 가는 날이야. 가서 흔들어야 해."

엄마는 갱년기 스트레스를 몸으로 풀었다. 생전 처음으로 문화센터에 다니면서 사람도 만나고, 취미생활도 즐겼다. 요즘은 소위 춤바람이 나서 그 좋아하는 권 서방도 마다하는 중이었다.

"현진이 형이 맛있는 거 사준대? 메뉴가 뭔데?"

"찬희야, 너는 집에 가서 먹어. 둘이 데이트하게."

"집에 밥 없어, 엄마. 우리 소고기 먹자, 누나."

"찬희야. 수진이 불러서 둘이 데이트해."

"출근하면 학교에서 보는데 뭘 또 봐. 누나, 나 껴도 되지? 괜찮지?"

"이찬희."

엄마가 저렇게 만류하는 데는 다 이유가 있었다. 대체 무슨 심보인지 이찬희는 현진이만 보면 이상한 소리를 해서 내 속을 뒤집어놓았다. 오늘이라고 딱히 다르지 않았다.

"누나, 사람 인연이 참 신기하지 않아? 현진이 형은 누나 이상형이랑 참 거리가 먼데. 어떻게 그런 두 사람이 결혼까지 하게 됐을까?"

얌전히 소고기나 처먹을 것이지, 얻어먹는 주제에 눈치코치 없는 일곱 살 꼬마처럼 저딴 소리를 내뱉었다.

"찬희야. 내가 이나희 이상형이야."

그래도 나이를 좀더 먹은 현진이가 한번 참았다. 그리고 웃으면서 종업원이 구워놓은 살치살을 찬희 쪽으로 돌려줬다.

"어, 아니던데?"

"이찬희. 입 다물고 고기나 씹어……"

내가 발을 툭툭 쳐도 찬희는 해맑게 지껄였다.

"저희 누나 이상형 따로 있어요, 형!"

"그게 나야."

"아니에요. 제가 저번에 누나한테 분명히 들었거든요. 형은 절대 아니던데요?"

순간 정적이 흘렀다. 권현진도, 이찬희도 웃고 있는데 눈빛에는 살기가 흘렀다. 나는 옆에 앉은 그의 허벅지를 꾹 누르며 속삭였다.

"네가 참아. 쟤가 애들 닮아서 유치해서 그래, 참는 게 이기는 거야."

그러나 그 말은 소용없었다.

"너 나 마음에 안 들지?"

"형, 눈을 왜 그렇게 떠요?"

유치원 졸업반과 초등학교 1학년의 대결이었다. 막상막하, 용호상박이었다.

"현진아, 찬희 너 되게 좋아해. 권진 뉴스 나오면 댓글 달더라. 내가 봤어. 좋은 기업이다, 대한민국의 미래다, 희망이다, 글로벌 리더…… 별 얘길 다 쓰더라."

"아, 누나!"

"찬희야, 현진이 원래 좋아하는 사람 저렇게 째려봐. 청개구리야. 나한테도 맨날 레이저 쏘고 그래. 이거 봐, 지금 노려보는 거."

늘 이런 식이었다. 고래 싸움에 새우등 터진다고, 나만 피곤했다.

혹시 둘이 싸울까봐 화장실을 최대한 서둘러서 다녀왔는데, 다다미방 안에서 두 사람의 말소리가 들려왔다. 단둘이서 대체 무슨 대화를 하나, 또 싸우는 건가 하고 조용히 귀를 기울였다.

"아, 아니에요. 됐어요, 형. 저 투자에 관심 없어요. 그냥 누나가 하는 소리예요. 아니요, 아니에요. 진짜 괜찮아요, 형."

뭔 내용인지 나는 알아들을 수가 없었다. 권현진이 뭔가를 권하자 찬희가 한사코 거절하는 듯했다.

"아뇨, 저 그런 거 잘 몰라요. 알고 싶지도 않고요. 형, 저 진짜 괜찮아요. 아, 됐어요. 못해요. 됐다니까요."

한참 권현진의 설명을 듣던 찬희가 긴가민가한 목소리로 물었다.

"그래요? 코인이 대체 뭔데요……?"

❀

결혼식은 10월, 내가 까칠한 사춘기 소년을 처음 만난 계절에 이루어졌다. 우리는 식장이 야외든 실내든 상관없었다. 그런데 규모에 맞는 웨딩홀 중에 제일 빨리 잡을 수 있는 곳을 고르다보니 야외에서 하게 됐다.

다행히 날씨는 맑았다. 우리는 눈에 보이는 모든 곳을 꽃으로 도배했다. 그와 내가 좋아하는 장미로.

권현진의 혼주석에는 권승주 사장과 황 관장님이 앉았다.

나는 찬희의 손을 잡고 입장했다.

야외 예식이라 분위기가 밝아서 아무도 안 울었는데, 이찬희만 찔찔 울었다.

우리는 몰디브로 신혼여행을 떠났다. 그의 일정 때문에 중동을 경유하는 데로 고른 곳이었다. 별생각 없이 피임 도구만 잔뜩 챙겨간 우리를 오래된 친구가 반겨주었다. 그건 바로, 플루메리아다. 우리는 프라이빗 오션 빌라 화단에 만발한 그 하얀 꽃송이를 철없는 애들처럼 풀장에 뿌리고 놀았다. 머리에 플루메리아를 꽂고 해변가 모래사장을 손잡고 걸어다니기도 했다. 사실은 거의 침실에만 있었지만.

즐겁게 신혼여행에서 돌아왔는데, 찬희가 또 투자를 했다고 했다. 이번에는 심지어 내 남편의 도움을 받았단다. 이찬희가 그걸 또 엄마한테 홀랑 털어놔서 내 귀에까지 들어왔다.

—난 몰라. 그게 뭔지도. 그냥 형이 해보라고 그래서 좀만 넣었어.

"얼마나……?"

—1억.

"네가 1억이 어디서 나서?"

—형이 빌려준 돈이지 뭐.

"뭐?"

—난 관심도 없는데, 하도 해보라고 권하니까. 가격 떨어져도 안 갚아도 된대.

"야. 이찬희."

—아, 몰라. 가상화폐인지 뭔지. 설명을 들어도 뭔지 잘

모르겠단 말이야. 그래서 난 안 한다고 했는데, 해보라고 옆에서 자꾸 부추기잖아.

"안 한다고 분명히 말을 했어야지!"

—말했어! 했다고! 누나, 상식적으로 그 돈이면 권진 주식을 사지 내가 미쳤다고 들어본 적도 없는…… 무슨 코인? 동전? 그거 실물도 없는 거래. 난 그냥 잊고 있을 거야. 오르면 오르는 거고, 떨어지면 알아서 책임지라고 해. 막말로 재벌한테 1억이 돈이야?

"너 진짜 맞을래? 말 예쁘게 해라."

—아니, 누나가 단속 좀 해. 그 형은 무슨 투자를 그런 데다 하냐? 가상화폐는 무슨. 그거 투자 성공하면 내가 현진이 형을 아버지라고 부른다.

나는 속으로 참을 인을 계속 새겼다. 수진이는 대체 얘를 왜 만나주는 거지?

"너 그거 한 푼이라도 오르면 꼭 아버지라고 불러라."

우리의 결혼생활은 대체로 평화로웠다.

권현진은 나와 결혼한 뒤로 상담도 잘 다녔고, 술과 담배는 물론이고 약도 거의 끊었다. 연애 때는 싸우는 게 일이던 우리는, 결혼하고 나서는 다투는 일이 거의 없었다.

권현진은 내가 알고 있던 것보다 훨씬 더 세심하고, 다정하고, 깔끔했다. 내가 시험 기간에 아무리 집을 어질러놓아도 잔소리를 일절 하지 않았다.

나는 그와 결혼한 걸 한번도 후회한 적 없었다. 결혼하지 않았다면 절대 몰랐을, 권현진의 귀엽고 사랑스러운 모습을 매일 발견했으니까.

하지만 불같은 그의 질투심만큼은 아직 여전했다.

"와."

주말에 같이 심야 영화를 보다가 나도 모르게 나온 그 한마디가 발단이었다. 마약범을 잡은 경찰 형제가 마지막 장면에서 같이 제복을 입고 나와 동시에 경례하는데, 내용상 카타르시스가 느껴져서 터진 감탄이었다.

갑자기 권현진이 경찰 형제의 얼굴이 클로즈업된 화면을 멈추더니, 인상을 쓴 채로 나를 돌아봤다.

"저게 나보다 잘생겼냐?"

"네가 훨씬 잘생겼지."

"근데 뭐야, 지금."

"그냥 하품이야. 졸려서 하품했어. 와암."

"하품을 왜 감탄하듯이 하는데."

"자기야, 감탄 안 했어. 내 눈에는 자기가 제일 잘생겼어."

그의 팔을 끌어안고 턱을 바짝 젖혔다. 권현진이 나를 가장 예뻐하는 얼굴로 생글생글 웃으며 쳐다봤다.

"경찰이 그렇게 좋냐?"

"나희는 자기가 제일 좋아용."

"결혼은 나랑 했는데 이상형은 아직도 경찰이다 이거지."

"권현진."

그러나 내 목소리가 달라지자마자 그의 기세는 확 수그러들었다. 그것도 결혼한 뒤에 확실히 달라진 점이었다.

"너 그 얘기 대체 언제까지 할 거야."

"생각할수록 열받잖아. 난 정장만 입는데. 제복 입을 일이 없다고……"

내가 제복 때문에 경찰을 좋아한다고 생각하나? 대체 왜 이상형으로 경찰을 꼽았는지, 지금은 기억도 나지 않는다. 사실 내 이상형은……

"씨, 나도 경찰복 한번 입어줘?"

세차게 날 노려보던 권현진이 불현듯 제 핸드폰을 들었다.

"기다려봐. 지금 주문한다."

"현진아."

"경찰 코스튬, 섹시 폴리스…… 아니, 왜 여자 거만 나와."

누가 볼까 무서웠다. 나는 얼른 권현진의 핸드폰을 낚아챘다.

"미쳤어. 너 이런 거 검색하지 마."

이찬희의 전화번호를 찍고 통화 버튼을 눌렀다. 그러자 그의 핸드폰에 저장된 이름이 떴다.

—아들

심호흡을 세 번 하기도 전에 찬희가 전화를 받았다.

—예, 말씀하십쇼. 아버지.

"이찬희."

—어, 누나네.

찬희의 목소리가 크게 들리도록 스피커폰으로 전환했다.

"찬희야, 너 내 이상형 알지."

—이상형? 몰라. 그걸 내가 어떻게 알아? 현진이 형 아

냐?

"전에 내가 말해준 적 있잖아. 제주에서 네가 물어봐서. 네가 듣더니 요즘 드라마 보냐고 나 무시했잖아."

—아! 기억났다. 누나 이상형.

순간 권현진이 핸드폰 가까이에 귀를 갖다댔다.

—운동화 끈 매주는 남자였나?

짙은 눈썹이 들썩였다. 우리는 지척에서 눈이 마주쳤다. 그는 약간 감동받은 눈치였다.

"들었지? 내 이상형."

나는 종료 버튼을 눌러 전화를 끊었다. 권현진은 언제 성질을 부렸냐는 듯 배부른 수사자처럼 웃었다.

"그래, 나일 줄 알았다. 네 이상형."

소파에 양팔을 넓게 걸치고, 느긋하게 여유를 부렸다.

"좋겠네. 소원 성취했네, 이나희. 나랑 결혼을 다 하고."

어이가 없어 웃음이 터졌다. 나도 평소처럼 짓궂게 대꾸해 줄 수 있었다. 권현진 역시 나와의 말장난을 예상하고 저런 소리를 했을 테니까.

하지만 그 말은 내 가슴에 파동을 만들어냈다. 컨디션이 예민한 상태라서 그런지 대충 지나갈 말인데도 어떤 울림이 전해졌다. 그건 우리의 지난 과거와도 연관되어 있다.

"맞아, 현진아. 진짜 고마워."

갑작스러운 내 진지한 반응에 권현진은 살며시 얼굴을 굳혔다.

"어릴 때 내가 꿈꿨던 것들."

아무것도 모르던 우리가 순수하게 주고받던 이야기들. 내 첫사랑은 그걸 다 기억하고 있었다.

"그거 네가 다 이뤄주고 있더라."

정작 나는 까먹고 있었는데. 권현진은 나조차 기억나지 않는 내 소원들을 나 대신 전부 다 이뤄주고 있었다. 심지어 한두 개가 아니다.

"그래서 말인데⋯⋯ 네 소원은 내가 이뤄주려고."

내일 사장단 회의가 있어서 글피에 말하려고 했는데, 도저히 참을 수가 없었다. 뒷말을 짐작도 못하는 착하고 순진한 내 남자를 향해서 입술이 간질거렸다.

"나 6주래."

"어⋯⋯?"

"6주라고."

"어?"

나도, 현진이도 빨리 아기를 갖고 싶었다. 하지만 권현진이 복용했던 약 때문에 우리는 일부러 임신을 늦추고 있었다. 그는 자기 때문에 시기를 놓칠까봐 내게 무척이나 미안해하고, 초조해했다. 그러다 안전한 시기가 되어서 우리는 임신을 시도했고, 얼마 되지 않아 아기가 찾아왔다.

"너 아빠 된대, 현진아. 축하해."

놀란 권현진은 입을 벌리고 멍하니 굳어만 있었다. 그의 시선이 내 머리부터 발끝까지 훑어 내려가더니, 다시 위로 올라와 나와 눈을 마주쳤다. 기쁨을 넘어선 환희가 아름다운 그의 눈동자 속에 천천히 차올랐다.

"나희야, 고마워…… 고마워."

권현진은 늘 내게 눈물을 숨기려 했다. 하지만 이번만큼은 단 한 방울도 감추지 못했다. 그는 망가진 테이프처럼 고맙다는 말만 반복했다. 거의 통곡하면서 내게 안겨 울었다. 잘생긴 울보를 끌어안고 나도 울었다.

"나희야, 너를 만난 게…… 내 유일한 행운이야."

비록 상처뿐인 연애였지만, 서로가 남긴 흉터는 우리에게 훈장으로 남았다. 우리를 구원한 것은 서로를 향한 사랑이므로.

엄마에게 임신했다고 밝힌 뒤 엄마가 만든 떡갈비가 먹고 싶다고 말했다. 그러자 엄마가 한달음에 우리집으로 달려왔다.

"예, 어머니. 오셨어요."

"아유, 권 서방. 우리 사위."

엄마의 갱년기는 사위한테만 예외였다. 오락가락하는 기분도, 짜증도, 권현진에게는 전부 비켜갔다.

"지금 뒤집을까요? 아, 아직 안 익었어요? 조금 더 있다가 뒤집을까요?"

엄마는 주말 아침부터 귀찮게 하는 권현진을 옆에 끼고 떡갈비를 구우면서도 짜증 한번 내지 않았다.

"아, 간장씨를요? 간장씨를 넣어서 만드신 거예요?"

"권 서방. 간장씨가 아니고, 씨간장."

"씨간장."

"응, 그렇지. 씨간장으로 만든 거야. 먹어봐. 간장 달지?"

"예. 너무 맛있는데요. 간장이 정말 달아요."

귀신이라도 씌었다면 모를까, 저렇게 부드러운 말투로 나

긋나긋하게 말하는 권현진은 상상해본 적이 없었다. 방긋방긋 웃는 얼굴이 정말 천사 같았다.

저러니까 엄마가 껌뻑 넘어갔구나. 완전 이중인격이네. 나는 옆에서 떡갈비를 주워먹으며 권현진의 연극을 구경했다.

"예, 그럼요. 나희가 어머니 닮아서 예쁘잖아요."

꼬꼬마 동산의 태양처럼 해사하게 웃는데, 순간 내가 다른 남자랑 사는 줄 알았다.

"자기야, 먼저 가볼게요. 골프를 뺄 수가 없어서. 주말인데 미안해요."

앙큼한 권현진은 엄마가 옆에 있을 때면 꼭 나한테 존대를 했다.

"추우니까 나오지 마요. 가서 떡갈비 더 먹어요, 자기야. 이따 들어올 때 뭐 사올까? 응, 먹고 싶은 거 있으면 전화해요."

아직 티도 안 나는 내 배를 그가 신줏단지 모시듯 두 손으로 살살 쓰다듬었다.

"복덩이, 엄마 말 잘 듣고 있어. 아빠 갔다 올게."

"거긴 떡갈비야. 복덩이는 그 밑에 있어."

"아, 복덩이 여기구나. 아빠랑 이따 보자, 복덩아. 떡갈비도 잘 있어. 자기야, 어머니랑 저녁도 맛있는 거 먹어요. 응, 갈게. 전화할게요."

—어, 누나. 매형은?

"골프 있대."

—일요일인데?

"못 뺀대."

한때 유치하게 질투를 하던 찬희도 이제는 권현진을 매형이라고 익숙하게 불렀다.

—우리 횟집 가기 전에 가볍게 카페 갈 건데. 누나 컨디션 괜찮으면 잠깐 나와. 창진이 형이 누나 보고 싶대.

지율이와 창진이는 길게 연애하다가 얼마 전에 결혼 날짜를 잡았다. 두 사람처럼 잘 어울리는 커플이 왜 이렇게 늦게 결혼하는가 하면.

"계좌가 좀 회복되면 하려고 했지."

"그런 순간은 영원히 오지 않아, 형."

"안마. 너 코인 대박났다고 자세가 좀 건방져졌다? 너 대선주 뭐 샀냐?"

"형, 나 이제 주식 안 하잖아."

"이야, 개가 똥을 끊지. 이찬희가 주식을 안 한다네."

"뭐 먹고 싶은 거 있으면 이따 횟집 가서 마음껏 시켜, 형. 내가 살게. 공무원 주머니 사정 뻔한데."

"어휴, 감사합니다. 감사합니다. 혹시 설중매도 될까요?"

"그럼. 골드 마셔."

"와, 이 자식 이거. 전에는 청하 이상 절대 안 된다고 했는데."

"형. 복분자도 돼. 다 시켜."

"부러워서 돌아가시겠다. 난 파란불 들어올 때마다 미치겠는데. 근데 매일 파란불이야. 흑흑."

"개미의 숙명이야. 받아들여."

"찬희야, 나도 코인 해볼까?"

"지금 들어오기 많이 늦었는데."

"넌 뭐 있는데? 종목 좀 공유해봐."

"하나도 없어. 난 진작에 다 팔았지."

나는 턱을 괴고 두 사람의 대화를 구경했다. 창진이는 여전히 유쾌했다.

"창진아, 신혼 가전 뭐 살 거야?"

"다 사야지."

"형, 사지 마. 우리 매형이 가전 다 해준대."

"나? 나를? 나한테?"

"응. 아마 축의금도 따로 낼걸."

"왜? 왜 우리에게 그런 걸 하사하신대……? 아니, 정말 감사한 일인데, 나는 그냥 이유가 좀 알고 싶어서."

"매형이 형한테 빚진 게 좀 있대. 우리 누나도 지율이 누나 도움을 받은 적 있고. 결초보은 알지?"

"그래? 나한테 빚진 게 대체 뭐지? 뭔진 몰라도 빚지길 잘했다! 이야, 역시 클래스가 다르다! 권진이 대한민국의 빛이고 희망이고 미래다. 난 이제 권진만 산다!"

"형, 내가 부자들 모임에서 몇 명 만나봤는데, 재벌이라고 돈을 다 잘 쓰는 게 아니더라. 우리 매형이 진짜 화끈하지."

"화끈하다못해 탄다, 타. 내 마음이 불탄다."

"우리 매형 진짜 진국이야. 그래서 내가 매형 바라기잖아."

"나 좀 궁금한데, 찬희 너 결혼할 땐 뭐해주셨냐?"

"아파트."

"야, 설마 지금 너희 사는 집? 그거 코인으로 산 거 아니었어?"

"에이, 그 돈은 쓰지도 않았다."

"45평인가?"

"아니, 52평."

창진이는 놀라서 턱이 빠질 듯했다. 찬희가 얄밉게 커피를 쪽쪽 빨면서 말했다.

"우리집 화장실 세 개야. 방 다섯 개. 그래서 수진이랑 나랑 월화수목금 다른 방에서 자잖아."

"우와."

"집이 다섯 채 있는 기분이라니까."

감탄만 연발하던 창진이가 얼빠진 눈으로 나를 돌아봤다.

"나희야, 나도 매형이라고 불러도 되는지 한번 여쭤봐줄래?"

"복덩아, 아빠 보고 싶었어요?"

"복덩이 아직 눈 안 생겼어."

"복덩이 오늘 엄마 말은 잘 듣고 있었어요?"

"복덩이 귀도 아직 안 생겼어."

6주 차였다. 7주나 되어서야 눈, 코, 입이 만들어진다고 했다.

"복덩아, 엄마가 좀 무심하다. 우리 복덩이 다 듣고 있는데, 그치? 복덩이가 이해 좀 해줘, 알았지? 아빠가 엄마 몫만큼 애교 많이 떨어줄게요."

권현진은 퇴근하자마자 그 좋아하는 샤워도 안 하고 내 배에다 얼굴을 붙이고 있었다. 그 꼴이 좀 웃겼다.

"아빠가 복덩이 엄청 엄청 사랑해요. 너무너무 보고 싶어요. 아빠 오늘 하루종일 복덩이 생각만 했어요."

"너 진짜 황당하다, 권현진."

그가 저런 목소리를 낼 수 있는지 꿈에도 몰랐다. 나는 잘생긴 얼굴을 물끄러미 바라보았다.

"그렇게 좋아?"

"어. 너무 행복해서 지금 당장 죽어도 여한이 없을…… 아니, 그건 안 되지."

갑자기 표정을 굳힌 권현진이 비장하게 고개를 들었다.

"나희야, 나 진짜 열심히 살 거다. 복덩이랑 너랑 120살까지 무병장수할 거야. 평생 웃으면서, 너 웃는 모습만 보면서,

나 그렇게 살 거야."

그는 "내가 꼭 그렇게 만들어줄게. 너 절대 울리지 않고 웃게만 해줄게" 하고 몇 번이나 내게 다짐했다. 이미 수없이 들은 고백인데도 속절없이 심장이 두근거렸다.

"사랑해, 나희야."

"나도 사랑해."

서로 반지를 끼워주며 연애를 끝냈지만, 나와 권현진은 달라진 게 아무것도 없다. 어린 시절, 쉽게 가슴 설레던 그때처럼 살아가고 있다. 그렇게 우리는 서로의 곁에서 사랑이라는 이름의 청춘을 영원히 빛내리라.

(『시절연애』 끝)

시절연애 3

초판 발행 2025년 10월 10일

지은이 마셰리

책임편집 한나래 | **편집** 김유진 박을진 | **외주교정** 유혜림
표지디자인 이현정 | **본문디자인** 최미영
저작권 박지영 형소진 주은수 오서영 조경은
마케팅 정민호 서지화 한민아 이민경 왕지경 정유진 정경주 김혜원 김예진 이서진
브랜딩 함유지 박민재 이송이 박다솔 조다현 김하연 이준희
제작 강신은 김동욱 이순호 | **제작처** 영신사

펴낸곳 (주)문학동네 | **펴낸이** 김소영
출판등록 1993년 10월 22일 제2003-000045호

주소 10881 경기도 파주시 회동길 210
대표전화 031-955-8888 | **팩스** 031-955-8855 | **전자우편** elixir@munhak.com
인스타그램 @elixir_mystery | **X(트위터)** @elixir_mystery

ISBN 979-11-416-1274-0 04810
979-11-416-1271-9 (세트)

엘릭시르는 출판그룹 문학동네의 장르문학 브랜드입니다.